시가 내 인생에 들어왔다

시가
내 인생에
들어왔다

이경재
지음

시 쓰는 경제학자의
유쾌하고 뭉클한 인문학 수업

사우

시에서 발견한 삶의 지혜

저는 경제학을 전공하고 지금은 대학에서 학생들을 가르치고 있습니다. 또 시인이자 인문학 강사로서 대중 강연을 통해 시민들과도 활발하게 교류하고 있습니다. 경제학 박사와 시인, 어찌 보면 다소 이질적인 정체성을 한 몸에 지닌 셈입니다.

제가 시를 쓰게 된 계기는 딱딱하고 재미없는 전공 강의를 재미있게 하기 위해서였습니다. 처음엔 유명 시인의 시를 인용해서 강의에 활용했는데, 저작권법이 강화되면서 그게 어려워졌습니다. 그런 필요 때문에 시를 쓰게 되었지요. 지금은 강의는 물론 각종 행사에서 축사나 인사말 혹은 송별사까지도 그 계절과 행사 성격에 맞는 자작시를 인용합니다.

시를 쓰기 시작하면서 제 인생은 많이 달라졌습니다. 인생이 풍요로워지고 무엇보다 가족이나 주변 사람들과의 관계가 이전보다 훨씬 좋아졌습니다. 시를 쓰면 나를 찾아가는 길을 발견하게 되고 타인에 대한 관심도 깊어집니다. 그러다 보면 열 길 물속보다 더 깊다는 상대의 마음을 헤아려 공감하고, 타인의 입장이 되어보는 훈련을 하면서 더 성숙한 사람이 될 수 있습니다. 내 품이 이렇게 커지면 자연스럽게 주변 사람들과의 관계가 좋아집니다.

한국의 중년 남성들은 대체로 자기감정을 표현하기를 어색해하지요. 저 역시 "꼭 말로 해야 아나?" 이런 생각을 가지고 있었습니다.

시를 쓰면 자연스럽게 내 감정을 표현하게 됩니다. 우리가 누군가를 미워하고 분노하는 이유도 결국 "고마워" 혹은 "미안해" 이 한마디를 듣지 못해서가 아닐까요. 고맙고 미안한 마음을 편하게 표현하게 되면 행복지수가 쑥 올라갑니다.

경제학을 공부한 대학교수가 시를 통해 대중 강연을 하게 된 점도 저로서는 매우 큰 성취입니다. 청중들과 시에 관해 이야기를 나누며 함께 웃고 때론 함께 눈물을 글썽이기도 하는 시간이 저에게는 그 무엇보다 값지고 행복한 시간입니다.

강의 2시간 듣고 나서 며칠 동안 앓던 두통이 싹 가셨다는
분도 있었습니다. 약으로도 치료할 수 없었던 두통조차 치유할
수 있는 것이 시의 위력이자 매력이 아닐지 싶습니다.

'전 국민의 시인화'를 꿈꾸며

시에 문외한이었던 제가 시를 쓰고 강의까지 하게 된 것처럼 이
제 저는 초등학생부터 어르신에 이르기까지 모두가 시를 쓰고
시와 함께 치유와 행복을 누리는 세상이 되기를 꿈꿉니다.

"시를 읽는 것도 힘든데 시를 쓰라고?" "내가 시를 쓸 수 있
을까?" 이런 반응을 보이는 분이 많겠지요. 하지만 이 책을 보
시면 시 쓰기가 만만해질 겁니다. 실제로 제 강의를 수강하신
분들이 보내주신 공통적인 소감은 "나도 시를 쓸 수 있겠다"라
는 것이었습니다. 즉흥적인 패러디 시나 습작 시를 써서 보여주
신 분도 많습니다.

시를 어려워만 하시던 분들이 시에 재미있게 접근하며 시를
즐기고 직접 써보기도 하는 '전 국민의 시인화', '시의 생활화'

가 제 강의의 목표이자 이 책을 내는 이유이기도 합니다. 이 책을 보시면 시는 시인들만의 전유물이 아니며, 나도 시인이 될 수 있다는 자신감을 갖게 될 것입니다.

문학을 전공하지도 않았고 전업 시인도 아닌 경제학자가 시를 강의하고 시에 관한 책을 내는 것에 대해 탐탁지 않게 생각하는 분도 계실 겁니다. 축구 감독이나 코치가 선수보다 축구를 더 잘하는 것은 아니니 그런 정도로 양해해 주시면 좋겠습니다. 저도 시를 잘 쓰지는 못하지만 40년 교육 경력 노하우를 살려 시에 대해 가르치고 지도하는 것은 잘할 수 있습니다.

축구팀도 국가 대표만 있는 것이 아니라 동네 축구도 있습니다. 모두가 국가 대표나 프로선수가 되려고 애쓸 필요는 없습니다. 그저 동네 축구 하듯이 시 쓰기를 즐기면 됩니다. 그렇게 생활 속에서 즐기다 보면 국가대표급 프로선수가 나오기도 할 것입니다.

창의성을 기르는 지름길

바야흐로 지금은 융합의 시대이며 세상은 창의융합형 인재를 원합니다. 이 책도 시집이자 수필집이며, 인문학책이자 자기계발서를 겸한 융합형 책입니다. 창의융합형 인재가 되려면 무엇을 어떻게 해야 할까요? 저는 시를 쓰는 것이야말로 그런 인재가 되는 지름길이라고 생각합니다.

시를 쓰면 사고가 유연해지고 이리저리 응용하는 능력이 향상됩니다. 창의성이란 다르게 생각하며 새로운 것을 발견하는 것인데, 그 힘은 이질적인 것들을 연결하는 능력이라 할 수 있습니다. 사고의 틀을 조금 넓혀서 전혀 관련이 없는 A와 B의 연결고리를 찾아내는 것이지요.

시를 창작하는 과정도 무엇인가를 연결하는 것이고 그것은 기업에서 신상품을 개발하거나 새로운 고객을 발굴하는 과정과도 매우 흡사합니다. 기업에서 시 수업을 적극적으로 개설하는 이유가 바로 여기에 있습니다.

부모들에게도 자녀와 함께 시를 읽고 쓰기를 적극적으로 권장합니다. 아이와 함께 시를 읽고, 시를 짓는 놀이를 하다 보면 자연스럽게 사랑하는 마음을 표현하고, 따뜻한 기운을 주고받을 수 있습니다.

뿐만 아니라 자녀들이 살아갈 세상은 더욱더 창의성이 필요한 시대가 될 것입니다. 시와 함께 재미있게 놀다 보면 세상을 새롭게 보는 창의력이 향상됩니다. 어릴 때부터 시를 가까이한 아이는 뛰어난 창의성으로 큰 성취를 이룰 것입니다. 자녀의 미래를 준비하는 데 있어 이보다 더 중요한 일은 없겠지요.

시 한 편 읽기도 힘든 사람을 위한 시 쓰기 안내서

그렇다면 시 한 편 읽기도 힘든 사람이 어떻게 시를 쓸 수 있을까요? 답은 본문에서 하나하나 보여드릴 것입니다.

설명이 필요한 시는 좋은 시가 아니라고 합니다. 그러니 구구절절 시에 대해 설명할 필요도, 들으려고 애쓸 필요도 없습니다. 그저 여러 번 보며 시인의 마음을 읽으려고 시도하거나 본인이 느끼는 대로 해석해도 좋습니다.

하지만 때로는 시인이 그 시를 쓰게 된 배경이 궁금하기도 하고 그것을 알게 되면 더 감동을 주는 시도 있습니다. 시인의 마음을 훔쳐보는 재미도 쏠쏠하고요. 또 시를 써보고 싶어 하는 독자에게는 그런 설명이 시 습작에 도움이 될 수도 있습니다.

이 책은 그냥 시집이 아니라 시작 노트와 함께 시작법을 곁

들인, 시를 통해 창의력을 증진하거나 시를 써보고 싶은 분들께 가이드 역할을 할 수 있도록 구성하였습니다. 시를 감상하며 혹은 시작 노트를 엿보며 자연스럽게 시를 쓸 수 있게 되기를 바랍니다.

시와 함께하는 행복한 시간

이 책은 51편의 시가 실린 시집이자, 시 수필집인데 '시(詩)와 함께하는 치유와 행복의 인문학'이라는 주제로 해왔던 대중 강연 내용을 정리한 것입니다. 강의장 풍경이 늘 그래왔듯이, 이 책을 읽는 독자도 짧은 시 한 편에서 '아 그러네' 하며 엷은 미소를 짓기도 하고, 때론 몰래 눈물을 훔치기도 하며 치유와 행복의 시간을 갖기를 바랍니다.

수년 동안 고치고 다듬으며 머뭇거려왔던 원고입니다. 나무를 아프게 하고 바쁜 독자의 시간과 돈만 뺏게 되지 않을까 고민도 했습니다. 이제 '완벽주의자가 아닌 완료주의자'가 되라는 말에 힘입어 용기를 내봅니다.

이 중 일부는 전주대학교 온다라 지역인문학센터에서 발간한 5인 공저 《문화와 함께하는 공존의 인문학》(비매품) 등에 게재되었던 글임을 밝혀둡니다. 신문 등에 게재되었던 칼럼을 재정리한 것도 있습니다.

어려운 시는 하나도 없습니다. 짧고 쉬운 동시가 많아 어른과 아이 누구나 즐길 수 있습니다. 나의 내면을 들여다봄으로써 상처를 치유하고 관계를 회복하며 더욱더 행복해지기를 바랍니다. 그러면서 자연스럽게 시를 쓸 수 있게 된다면 저자로서 더할 나위 없는 기쁨일 것입니다.

2024년 3월 23일

이경재

1 / 처음 시작하기: 시와 함께하면 달라지는 것들

2 / 관찰하기: 자세히 보면 시가 된다

3 / 연결하기: 잠자는 창의성을 깨우는 가장 좋은 방법

제1장

처음 시작하기:
시와 함께하면
달라지는 것들

400만 원짜리 시조

———

안경을 써야지만 귀여운 이가 있고
벗어야 아름다운 사람도 있다지요
당신은 써도 벗어도 지적이고 예뻐요

아내가 식사 때마다 게장을 내놓으며 나보고 왜 게장을 좋아하지 않느냐고 물었다. 나, 게장 좋아한다. 누가 껍질 까서 살을 발라주기만 하면 왜 안 먹겠는가. 그런데 살(한계편익)도 별로 없는 단단한 게 껍데기를 까려면 그 수고(한계비용)가 더 크기 때문에 게살 발라 먹는 것(한계적 변화)을 안 하려고 할 뿐이다. 이것이 경제학에서 말하는 '한계원리'이다.

내가 잘난 체하며 아내한테 이 이론을 가지고 설명했더니 아내는 그런 이론엔 관심도 없다. 버리려면 아까우니 먹으라고 한다. 그럼 다시 계산해봐야 한다. 버리면 아깝다는 것과 아내 말을 안 들었을 때 돌아올 화를 고려한다면 한계편익이 훨씬 더 커지는 것이다. 그래서 얼른 먹었다.

경제학 용어로 '한계적 변화'란 계장을 안 먹다가 먹는 것처럼 지금과 다른 한 단위의 변화를 생각하면 된다. 여기에서 한계적 변화로 얻게 되는 이익이 '한계편익'이고 치러야 할 대가가 '한계비용'이다. 한계편익이 한계비용보다 클 때 한계적 변화를 꾀하게 된다고 하는 것이 '한계원리'이다. 사실 이 한계원리는 경제학을 배우지 않은 일반인도 대부분 생활 속에서 적용하고 있다.

그렇다면 사람이 사랑을 하는 데도 이 원리가 적용될까?

대학 시절 에리히 프롬의 《사랑의 기술》을 읽고 "사랑은 수동적인 감정이 아니라 결단하고 참여하고 책임지는 것"이라는 저자의 말을 신봉했다. 여기에도 사실상 경제학의 한계원리가 숨겨져 있다. 어떤 사람을 평생의 반려자로 받아들였을 때 돌아올 한계편익과, 치러야 할 희생이나 포기 혹은 감수해야 할 한계비용을 계산한 후 한계편익이 더 클 때 한계적 변화로서 결단을 내린 후 사랑하고 책임지는 것이다.

이 대목에서 에리히 프롬의 《사랑의 기술》을 세 번 독파했다는 어떤 이는 이론이 지나치면 실전에 약하다고 말한다. 실은 이것이 경제학을 공부한 내가 사랑을 못 하는 이유이기도 하다. 이름부터가 사랑 못 할 사람처럼 보이지 않는가?

누군가는 평생 살아오면서 뭘 따지거나 재지 못해서 사랑에 빠지는 데 딱 3초밖에 걸리지 않았다고 한다. 경제학의 관점으로 보면 무척 무모하고 비논리적일지는 모르나 사랑에 무슨 이론이 필요하냐며 화를 버럭버럭 낸다. 우리는 보통 이런 사람을 두고 사랑에 눈이 멀었다고 하지만 사실은 경제학뿐 아니라 수학도 굉장히 잘하는 분이다. 한계편익과 한계비용 계산을 딱 3초에 끝내셨으니…….

자신은 안경을 벗어야 예쁘다며 라식수술을 하면 어떻겠느냐는 아내에게 즉흥적으로 이 시조를 지어 바쳤다. 이에 감동한 아내가 라식수술을 안 하기로 했다. 아내도 라식수술에 따른 한계편익과 한계비용 계산을 딱 3초 만에 끝내고 수술하지 않기로 결정한 것이다. 덕분에 수술비용 400만 원 벌었다.

이 시조를 SNS에 올려보았더니 재미있는 댓글이 많이 달렸다. 한 후배가 "요즈음은 많이 내려서 한쪽에 100만 원이면 하는데요!"라고 했다. 한쪽에 100만 원이면 양쪽 200만 원, 갑자기 시조값을 절반으로 떨어뜨렸다. 이런 것을 악플(악성 답글)이라 한다.

반면에 어떤 사람은 "우와 대단하네요. 400만 원이 아니라 4

백만 불짜리 시조입니다"라는 댓글을 달았다. 4백만 불을 원화로 계산하면 약 50억 원이 넘는다. 시조의 가치를 이렇게 엄청나게 올려놓았다. 이런 것을 선플(건전 답글)이라 한다. 악플 때문에 자살할까 하다가 선플에 다시 살기로 했다.

이 시는 초장/중장/종장이 3434/3434/3543, 총 43자로 구성된 정형시조이다.

시조를 한자로 쓰면 詩調일까 時調일까? 시조도 시의 일종이니 당연히 詩(시 시)자를 써서 詩調일 것으로 생각하기 쉽다. 그런데 時(때 시) 자를 쓴 時調가 맞다. 시조는 '時節歌調(시절가조)'의 줄임말로 '시절에 따라 부르는 노래 곡조'라는 뜻이다. 시조는 우리 민족이 만든 독특한 형태의 시로서 원래 노래 가사이자 문학인 동시에 음악인 셈이다.

많은 사람이 '시는 어렵다'라고 생각한다. 시를 읽는 것도 어려운데 직접 시를 쓸 엄두를 내기란 쉽지 않다. 하지만 정형시조는 남녀노소 누구나 퍼즐 맞추기 게임하듯 운율(글자 수)을 맞추며 즐기면서 쓸 수 있다. 기본적인 원칙 몇 가지만 알아두면 좋을 듯하여 여기 소개한다.

우선, 정형시조의 핵심은 운율, 즉 글자 수를 맞추는 것이다.

둘째, 총 43자의 짧은 구조 속에 표현하고자 하는 것을 집약해서 넣어야 하기에 단어의 중복을 피하는 것이 좋다. 셋째, 가능하면 초장, 중장, 종장 각 장의 끝을 서술어로 끝내는 것이 좋다 (더 상세한 내용은 뒤에 나오는 동시조 〈구슬〉에서 설명). 예시로, 기왕 아내 이야기가 나왔으니 해학적인 시조 하나 더 소개한다.

세월이 흐를수록 마나님 눈치 보네
이 빠진 호랑이니 이제는 별수 없네
처서 후 입 비뚤어진 모기 신세 되었네

일상의 언어를 정형시조 형태로 써보면 누구나 시에 흥미를 느끼며 다가갈 수 있을 것이다. 시적 기교를 익히는 것은 시와 좀 더 친해진 뒤에 해도 늦지 않다.

두 배로 행복한 세상

___

오늘은 누구를
어떻게 기쁘게 해줄까
내가 두 사람을
그 두 사람은 각자 다른 두 사람을
기쁘게 해주는 거지
그리고 그 사람들은
또 다른 두 사람을……

오늘은 누구에게
어떤 도움을 줄까
내가 두 사람에게
그 두 사람은 각자 다른 두 사람에게
도움을 주는 거지
그리고 그 사람들은
또 다른 두 사람에게……

그럼 2배, 4배, 8배, 16배…….
자꾸자꾸 늘어나겠지
두 배로 행복한 세상
이렇게 만들어가는 거야

언젠가 지인으로부터 연락이 왔다. 사보에 매달 연재되고 있는 내 시를 잘 보고 있다는 것이었다. 나는 그 회사 사보 담당자에게 원고청탁을 받아본 적이 한번도 없는데…? 사보 담당자에게 연락해보니, 그제야 죄송하다고 하면서 지금까지는 어쩔 수 없고 앞으로는 정식으로 원고청탁을 하고 원고료도 지급하겠다고 했다. 기분은 좋지 않았지만, 문제 삼기도 그래서 그냥 그러라고 했다. 그런데 두어 달 지나고 나자 게재가 중단되었다. 기분 나빴다. 그 회사는 몇 손가락 안에 드는 대기업이다.

또 한번은 내가 이사로 있던 모 지역 자원봉사센터에서 이 시를 말없이 게재했다. 이번에는 기분이 좋았다.

나는 이 시를 '저작권 없음'으로 세상에 내놓는다. 두 배로

두 배로 자꾸자꾸 행복해지는 세상을 위하여. 그래도 저자 불명의 시로 떠돌지 않도록 반드시 지은이는 밝혀주고 게재되는 책 한 권은 보내주어야 마땅하다고 생각한다.

연애, 결혼, 출산은 청춘의 특권이다. 현실은 그다지 녹록하지 않아 우리 젊은이들이 이 세 가지를 포기한 채 살아간다고 하여 '삼포시대'라 한다. 씁쓸한 사회현상이다.

그럼 '삼포능자'는 무슨 뜻일까? 세 가지를 포기하고서도 능력이 있는 자? 그런 뜻이 아니고 三浦綾子(미우라 아야코), 일본의 유명한 소설가 이름이다. 그녀의 작품은 한때 우리나라에서도 굉장히 인기가 있었다. '미우라 아야코'라는 일본식 이름도 모른 채 '삼포능자, 삼포능자~' 하며 그녀의 책을 가지고 다니면서 읽은 기억이 난다. 그때의 추억을 되돌아보며 미우라 아야코의 대표작 《빙점》을 다시 읽어보았다.

훌륭한 인품을 갖춘 병원장 게이조는 자신의 딸을 죽인 살인범의 딸을 입양한다. 입양 동기는 우리나라의 손양원 목사처럼 자신의 자식을 죽인 원수까지 사랑하려는 숭고한 마음이 아니다. 오히려 그의 아내 나쓰에와 안과 의사인 무라이의 불륜을 의심하고 아내에 대한 복수심, 즉 아내가 훗날 원수의 자식을 키웠음을 알게 함으로써 엄청난 고통을 안겨주기 위한 것이었다. 더 이상의 소설 내용은 이 글의 주제가 아니기도 하거니와 이 책을 읽을 독자들을 위해 '소설 헤살(스포일러)'이 되지 않게 남겨두기로 하고 다시 작가 이야기로 넘어간다.

미우라 부부는 잡화점을 운영했는데, 가게가 번창하여 이웃 가게들이 장사에 지장을 받을 정도였다. 이럴 때 나 같으면 어떻게 했을까? 주변 가게를 인수해서 규모를 확장했을 것이다. 미우라 부부는 그렇게 하지 않았다. 오히려 가게 규모를 줄인다. 이웃 가게들을 위한 배려였다. 그녀는 이렇게 하여 남는 시간에 글을 썼는데, 이때 쓴 소설이 《빙점》이다.

이 소설은 〈아사히신문〉의 백만 엔 현상공모 소설 부문에 당선되고 이로 인해 그녀는 무명작가에서 일약 세계적인 소설가가 된다. 그녀는 이런 유명한 말을 남기기도 했다.

"어떻게 해야 좋을지 모를 때는 자신에게 손해가 되는 쪽을 선택하는 게 낫다. 사람은 이익 앞에서 눈이 어두워지는 법이다."

프랑스의 철학자이자 소설가였던 장 폴 사르트르는 인생을 'B와 D 사이의 C'라고 말했다. 태어날 때(Birth)부터 죽을 때(Death)까지 '선택(Choice)의 연속'이라는 의미이다.

미우라 아야코의 소설 《빙점》을 다시 읽고 이런 다짐을 해본다. '손해 보는 쪽을 선택하는 삶'을 살아봐야겠다고.

평생 무리한 탐욕으로 내게 이익이 되는 쪽만 선택하며 살아왔다. 내가 이익을 본 만큼 누군가는 나 때문에 손해를 봤을지도 모른다. 이제 부자는 아니지만 그래도 의식주를 해결하는 데 지장이 없을 정도는 되었으니 선택의 갈림길에 섰을 때 손해 보는 쪽을 선택하는 삶을 살아봐야겠다. 내가 손해 본 만큼 누군가에게 그 이익이 돌아갈 수 있기를 바라며.

미우라 아야코는 이웃 가게들을 위해 잘나가는 가게의 규모를 오히려 줄였으나 결국 그것이 인생을 바꾸어 놓을 정도의 이익을 가져다주었다. 이렇듯, 어쩌면 손해 보는 쪽을 선택하는 것이 궁극적으로는 내게 더 이익이 되는 삶일지도 모른다.

계산된, 약삭빠른 선택을 하고픈 마음이 한구석에 자리 잡고 있을지라도 아무튼 "선택의 갈림길에 서 있을 때 '좀 손해 보는 쪽'을 선택하는 삶!"을 살아봐야겠다. 그러다가 '조금 더 손해 보는 쪽', '조금 더 많이 손해 보는 쪽', 궁극적으로는 '많이 손해 보는 쪽'을 선택하며 살아가는 것이 내 삶의 목표가 되기를 바란다. 이것이 나와 주변 사람들이 행복해질 수 있는 좋은 방법이 되리라 믿는다.

그것이 결코 손해 보는 삶이 아니라 결국은 몇 배로 축복받는 삶이 된다는 것도 그동안의 경험을 통해 이미 터득했다. 그래서 손해 보는 삶을 살고자 하는 것조차 더 많이 복 받는 삶을 살고자 하는 탐욕이 아닐까 하는 생각도 해본다.

덤벼드는 소가 일도 잘한다

읽고 쓰기 과목 중간고사 시간에
시험을 소재로 시조 한 수 쓰랬더니

"그대가 내가 쓴 글 평가를 하였으니
나 역시 그대 수업 평점을 매기겠네
한마음 한뜻일 테니 의심하지 않으리"*

교수와 맞짱 뜨는 당돌한 학생
그 공갈 협박 무서워
얼른 만점을 주고 만다

그래
소도 덤벼드는 놈이
일도 잘한다더라

—

* 전주대 박재정 학생 시조를 허락을 받고 인용함

대학에서 전공 실력을 쌓거나 자격증을 따는 일도 중요하
　　지만 그 못지않게 중요한 것이 창의성을 기르는 것이다.
창의성을 기르는 데는 독서와 글쓰기만큼 중요한 것이 없다.

　　전공 시간에 창의성 수업을 하는 데는 한계가 있어서 아예
'독서와 글쓰기'라는 과목을 신설하여 지도한다. 한번은 '독서
와 글쓰기' 과목 중간고사 문제로 '시험'을 소재로 하여 정형시
조 한 수를 쓰라고 했다.

　햇살이 놀자 해도 모른 척 책을 폈네

　그래서 첫걸음을 기쁘게 찍었다네

　열심히 노력한 만큼 열매 맺어 기쁘네

이 시조는 전주대 김예빈 학생이 쓴 시조이다. 이 학생은 시험 기간 첫날 시험을 잘 본 모양이다. 반대로 시험을 망친 학생은 이런 시조를 써내기도 했다. 프라이버시 보호 차원에서 이름은 밝히지 않는다.

시험은 망했구나 학점도 끝이 났네
오늘이 꿈이기를 간절히 바라본다
교수님 에프(F) 안 돼요 시플(C+) 이상 바라요

이런 시조를 써서 제출한 학생도 있었다.

그대가 내가 쓴 글 평가를 하였으니
나 역시 그대 수업 평점을 매기겠네
한마음 한뜻일 테니 의심하지 않으리

교수한테 아주 당돌하게 공갈 협박을 해놓았다. 10점 만점인데 공갈 협박이 무서워 얼른 10점을 주었다. 물론 형식이나 내용에 있어서도 작품성이 뛰어난 정형시조이다. 그래서 이 학생은 이름을 밝혀도 될 것 같다.

어렸을 적 어머니께 늘 들어왔던 '소도 덤벼드는 놈이 일도 잘한다'라는 속담이 떠오른다. 이렇게 교수하고도 당당하게 맞짱 뜰 줄 아는 학생이 나중에 사회에 나가서도 큰 인물이 된다.

스승의 날에 이런 시조를 써서 카톡으로 보낸 학생도 있었다.

새하얀 양초 하나 조금씩 꺼져가네
자신을 희생하며 주위를 밝혀가니
그 모습 스승님 같아 눈물 나려 하누나

이주현 학생이 쓴 시조이다. 지금은 청탁금지법 때문에 스승의 날 선물이 사라졌지만, 그동안 받은 어떤 선물보다 값진 최고의 선물이다. 이런 학생에겐 A+를 준다. 다만 조건이 있다. 시험을 잘 봐야 한다. 과제나 발표도 잘해야 하고. 참 다행인 것은 대부분 이런 학생들이 시험도 잘 보고 과제나 발표도 잘한다. 만약 이런 학생이 시험을 못 봐서 F 학점을 줘야 한다면 마음이 얼마나 아플까.

헤어지지 아니한 이별

———

떠나갔기에
아프지만
내 마음 가져갔으니
아프지 않아요

혼자 남았기에
외롭지만
당신 마음 두고 갔으니
외롭지 않아요

다시 만날 수 없기에
헤어진 것이지만
우린 한마음이니
헤어지지 않았어요

  ▶   이 시를 정형시조의 형태로 바꾸어 본다.

내 마음 가져가니 떠나도 아프잖네

네 마음 두고 가니 혼자도 외롭잖네

서로가 한마음이니 헤어지지 않았네

이미 헤어졌지만, 헤어지지 않았다고 빡빡 우기고 싶은 마음
이다. 내 마음을 가져갔으니 아프지 않다고, 상대의 마음을 두
고 갔으니 외롭지 않다고. 서로 한마음이니 헤어지지 아니한 것
이라고. 그래야 아픔이, 외로움이 조금이라도 덜할 것 같다.
    당신은 이런 절절한 사랑을 해보았는가?

인간의 본질은 외로움이다. 살며 사랑하며 헤어지며 그 외로움까지도 견디고 이겨내 다시 사랑으로 승화시켜야 한다.

언젠가 동기 교수 한 분이 정년이 돼 퇴임하셨다. 한 교수께서 동기 단체카톡방에 송별 시 한 수 올려달라고 해서 이 시를 약간 변형해서 올린 적이 있다. 당사자는 물론 동기 교수들 모두가 감동하며 극찬을 아끼지 않았다. 독자들도 송별회 등에서 이름만 바꾸어 송사(送辭)로 활용하시면 좋을 것 같아 적어본다. 작자 미상의 시로 떠돌지 않도록 출처와 원작자 이름은 밝혀주시면 좋겠다.

헤어지지 않는 이별
———————————

떠나가신다기에
아프지만
우리 마음 가져가시니
아프지 않아요

우리만 남을 것이기에
외롭지만

(　　　) 님 마음 두고 가시니

외롭지 않아요

함께 지낼 수 없기에

헤어지지만

우린 한마음이니

헤어지지 않아요

짬짜면

——

짜장면 시키자니 짬뽕도 먹고싶고
짬뽕을 먹을때면 짜장에 눈이가네
짬짜면 한그릇이면 둘다먹어 좋구나

누구나 중국집에서 짜장면이나 짬뽕을 먹으며 이런 생각 한 번쯤 해보았을 것이다. 이런 전국민적 고민을 알고 일부 중국집에선 짬짜면 메뉴를 내놓았다. 한 그릇에 짜장면과 짬뽕을 절반씩 주는 식이다. 국숫집에서도 물국수와 비빔국수를 절반으로 나누어 '반반 국수'를 판매하는 곳이 있다.

중국집을 개업하려 한다고 가정을 해보자. 맛으로 승부하려면 최고로 맛있는 짜장면이나 짬뽕을 만들어 내놓아야 한다. 어느 분야에서나 최고가 되기는 정말 어렵다. 그런데 중국집을 찾는 손님 입장에선 최고로 맛있는 짜장면이나 짬뽕이 아니더라도 웬만큼 맛도 있으면서 한 그릇 가격에 두 가지를 절반씩 먹을 수 있다면 자주 가고 싶은 곳이 될 수 있다.

나도 시인이지만 안도현 시인보다 시를 더 잘 쓰지 못한다. 경제학 박사이지만 세계적인 경제학자 장하준 교수와는 감히 비교도 못한다. 치유와 행복에 관한 강의를 하고 다니지만 최인철 교수처럼 행복에 관해 많이 연구한 심리학자도 아니다. 그러나 시인이자 아동문학가이면서 시조시인이고 또 경영, 경제, 보험 분야 전문가이면서 치유와 행복에 관한 연구와 강의를 오래 해왔다. 그래서 여러 분야를 전부 아우르는 예컨대 '시와 함께 하는 치유와 행복, 관계, 공존의 인문학' 또는 '보험, 인문학에 빠지다'와 같은 퓨전 인문학 강의는 누구보다 자신 있게 할 수 있다.

각 분야에서 최고가 되기는 너무 힘들지만 잘할 수 있는 여러 분야를 융합하면 훨씬 더 쉽게 최고가 될 수 있다. 이것이 4차 산업혁명 시대가 요구하는 창의융합형 인재이며 미래를 준비해야 할 젊은 세대에게 해주고 싶은 이야기이다.

공부를 잘해서 일 등을 하기란 너무 힘들고 스트레스 받는 일이다. 책을 제일 많이 읽어서 독서왕이 되는 것도 마찬가지이다. 여행을 좋아하더라도 당장 몇 년에 걸쳐 세계일주를 하기도 쉽지 않을 것이다. 그럴 때는 공부는 썩 잘하지 못해도, 책을 제일 많이 읽지는 않았을지라도, 여행을 제일 많이 다니지는 않았더라도 공부도 적당히 하면서 책도 많이 읽고 여행도 많이 다녀본, 이 세 가지의 교집합에 있어서는 최고가 될 수 있다. 각 분야에서 일 등을 하는 것보다 훨씬 쉽다.

더 세분화해 보자. 영어 하나만 가지고 최고가 되기는 무척 힘든 일이다. 일본어를 최고로 잘하는 것도 마찬가지이고 컴퓨터 분야에서 최고가 되는 것 역시 마찬가지다. 그런데 영어도 적당히 하고 일본어도 적당히 하면서 컴퓨터 분야에 어느 정도 전문성을 갖고 있다면 일본 기업에 수월하게 취업할 수 있다. 영어나 일어 하나만 최고이거나 컴퓨터 하나만 최고인 사람보다 더 경쟁력이 있는 것이다.

음악, 미술, 체육, 컴퓨터 등 특기 분야별로 세분화하면 다양한 분야에서 최고가 나올 수 있다. 음악은 악기별로, 미술은 동양화, 서양화, 만화, 삽화 등으로, 체육은 축구, 농구, 배구, 야구 등 종목별로 자꾸자꾸 세분화하면 수많은 조합이 가능해지므로 수많은 일 등이 나올 수 있다.

4차 산업혁명 시대에 한 분야에서 최고가 되는 것은 위험하기도 하다. 많은 노력과 힘든 과정을 거쳐 그 분야 최고가 되었을 때 관련 직업이 없어지거나 사양산업이 되어 버릴 수도 있기 때문이다. 미래엔 세상이 어떻게 바뀔 것인가 촉각을 곤두세우고 평생학습을 통해 새로운 것을 배워가야 한다. 한 분야에서는 최고가 아니더라도 각자가 좋아하는 몇 개 분야를 아우를 때 최고가 될 수 있는 창의융합형 인재가 되어야 한다.

바람

———

깃발은
왜 펄럭일까?

바람의 모습을
보여주기 위해서야!

나뭇잎은
왜 바스락거릴까?

바람의 소리를
들려주기 위해서야!

앞으로의 세상은 창의적인 인재를 원한다. 학벌이나 스펙, 출신지 등은 차츰 이력서에서 사라질 것이다. 얼마나 창의성을 발휘할 수 있는 사람인가가 그 사람을 평가하는 척도가 될 전망이다. 창의성을 키우는 가장 좋은 방법은 '뒤집어 생각하기'이다.

얼마 전 한 생명보험회사가 역발상 광고로 화제가 된 적이 있다. 생명보험은 죽었을 때 보험금이 지급되기 때문에 대부분 보험 광고는 사망 시 지급되는 보험금에만 초점이 맞추어져 있다. 그런데 사람들은 내가 죽어야 보험금이 지급되니 보험금을 받는 상황을 상상하기도 싫어한다.

이 회사에서는 '당신답게 오늘을 사세요'를 캐치프레이즈로

한 광고를 출시했다. '당신을 위한 오늘의 보험', '미리 아플 걱정은 그만~ 오늘을 건강히 사세요!' 등의 광고 문구가 고객을 감동시켰다. '미래의 죽음'을 '오늘의 건강한 삶'으로 뒤집은 것이 큰 반향을 일으켰다.

이처럼 뒤집어 생각하기를 잘하는 사람이 획기적인 상품을 개발하고 기발한 방법으로 상품을 판다. 창의적인 인재 몇 사람이 한 기업을 먹여 살리기도 한다. 마찬가지로 뒤집어 생각하기를 잘하는 경영자가 창의 경영을 통해 기업을 획기적으로 키워나간다.

기업에서 창의적인 상품을 개발하거나 판매하는 과정은 시인의 시 창작 과정과 너무나 흡사하다. 이것이 기업에 종사하는 사람 모두가 시를 공부하고 또 직접 시를 써보아야 할 이유이기도 하다.

깃발은 바람 때문에 펄럭인다. 바람이 깃발을 위해 존재하는 셈이다. 그런데 깃발이 바람을 위해 존재하는 것으로 뒤집어 생각해보자. 깃발이 바람에게 어떤 도움을 줄 수 있단 말인가. 곰곰이 생각해보니 본래 바람은 보이지 않는 존재이다. 깃발이 펄럭이는 모습을 보고 비로소 바람이 불고 있음을 알 수 있을 뿐이다. 그래서 깃발이 바람의 모습을 보여주기 위해 존재하는 셈이 되었다.

또 나뭇잎은 바람 때문에 바스락거리는 소리를 낸다. 바람이 나뭇잎을 위해 존재하는 셈이다. 그런데 나뭇잎이 바람을 위해 존재하는 것으로 뒤집어 생각해보자. 나뭇잎이 바람에게 어떤 도움을 줄 수 있단 말인가. 곰곰이 생각해보니 바람은 본래 소리가 없는 존재이다. 나뭇잎이 바스락거리는 소리를 듣고서 비로소 바람이 불고 있음을 알 수 있을 뿐이다. 그래서 나뭇잎이 바람의 소리를 들려주기 위해 존재하는 셈이 되었다.

이러한 시 창작 과정을 기업에서 상품개발 등에 적용하면 아주 작은 생각에서도 기발한 상품을 만들어낼 수 있다. 이것이 시경영학이다.

시를 나 자신에게 적용해 나를 돌아볼 수도 있다. '깃발과 나뭇잎은 바람을 위해 존재하는데 나는 왜 존재할까?' 이러한 질문에서 인문학이 시작되는 것이며 자신을 돌아보고 성찰을 할 수 있다.

어느 날, 산 정상에 올라가 국기봉에 걸려 있는 태극기가 바람에 휘날리는 모습을 보면서 이 동시를 썼다. 정상까지 올라가느라 온몸은 이미 땀으로 흠뻑 젖어 있었다.

땀은 왜 나는 걸까?

바람의 고마움을 알려주기 위해서야!

헷갈리지 않으려면

———

설겆이가 아니고
설걷이도 아니고
설 거 지!

설에 세뱃돈 못 받으면
설 거지

어떤 유원지에 있는 하천에 '설겆이 금지(과태료 부과)'라는 팻말이 세워져 있다. '설거지'를 '설겆이'라고 쓰는 것을 금지하는 것일까? 맞춤법이 틀리면 과태료까지 부과하겠다고?

하천에서 설거지하는 것을 금지한다는 의미이고, 설거지를 하면 과태료까지 부과하겠다는 경고인데 맞춤법이 틀리는 바람에 보는 이를 아리송하게 만든다.

설거지를 설겆이 혹은 설걷이로 혼동하여 잘못 사용하는 경우가 많다. 금방 알았다가도 한참 지나고 나면 '뭐가 맞더라' 하고 헷갈린다. 그래서 확실하게 기억할 수 있도록 동시로 표현해보았다. 이 동시를 보고도 또 헷갈리는 사람은 어디서든 평생 설거지 전담하기!

동시는 이처럼 우리말 공부하기에도 활용할 수 있다. 헷갈리는 단어를 구분하는 데 활용할 수 있는 동시 하나를 더 보자.

결재와 결제

−장과 재, 정과 제−

교장 선생님 허락 없어

결재 못 받으면

행정 실장님 돈을 쓸 수 없어

결제 못 해줘요

꽃 중에 꽃

꽃이 활짝 피어 내 맘을 유혹하네
꽃 중에 진짜 꽃은 어여쁜 당신인데
꽃 같은 그대를 두고 꽃 찾으러 다녔네

꽃이 만발하여 천지가 화사하네
꽃놀이 다니는 이 부럽지 아니하네
꽃보다 더 아름다운 내 사랑이 있다네

초, 중, 종장의 머리가 모두 꽃으로 장식된 연시조이다. 때론 아내에게 이런 아부성 시조도 써서 바친다. 그럼 반찬이 달라진다.

칠레의 유명한 시인 파블로 네루다의 실화를 바탕으로 만든 영화 〈일 포스티노(우체부, The Postman, 1994)〉에는 이런 장면이 나온다. 네루다가 사랑하는 사람 마틸다를 위해 쓴 시를 우체부가 자신이 사랑하는 베아트리체에게 바쳤다. 네루다가 이 사실을 알고 화를 내며 남의 시를 애인한테 써먹은 우체부를 나무라자 "시란 시를 쓴 사람 것이 아니라 그 시를 필요로 하는 사람 것입니다"라고 항변한다. 명대사이다. 시인의 손을 떠나는 순간 그 시는 독자의 것이 된다.

당신도 저 시조를 본인이 쓴 시인 양 사랑하는 이에게 바치셔도 좋다. 사랑이 한창 불타오를 무렵엔 꼭 자작시가 아님을 고백하셔야 한다. 이미 사랑이 깊어진 다음에야 그게 무슨 문제가 되겠는가. 얼마든지 애교로 봐줄 수 있다. 그러나 결혼 후에 알게 되면 속았다는 생각이 들고 서로 신뢰가 깨질 수도 있으니 꼭 결혼 전에 고백해야 한다.

한마디 덧붙이자면, 사랑하는 사람을 속인 죄로 책 한 권 사서 예쁘게 포장해서 선물하시라. 그 책이 바로 이 책이어야 함은 물론이다. 그것이 남의 시를 써먹은 대가로 치러야 할, 시인에 대한 예의이다.

한눈에 보아도 반하는 꽃이 있고
자세히 보아야만 어여쁜 꽃도 있네
그대는 찬찬히 봐도 얼른 봐도 예뻐요

작업(?) 성공을 빌며 보너스로 시조 하나 더 선사하니 잘 활용해서 멋진 사랑 이루시길 바란다.

가야산

___

친구가
가야산 다녀왔다며 꼭 한번
가야 할 산이란다

날 두고 혼자
가야?
난 가려고 해도 바빠서 못
가야!
했다

나도 가고 싶다
가야산
산이 거기 있으면 뭐 하나
가야~ 산이지

경제학자가 취미로 쓴 시가 뭐 그리 대단할까마는 사람들
이 내 시를 좋아하는 이유가 있다. 첫째, 쉽다(실은 어렵게
쓸 줄 모른다). 둘째, 짧고 재미있어서 머리가 아프지 않다(실은 길
게 쓰려고 보면 금방 밑천이 드러난다). 셋째, 독자에게 '나도 시를 쓸
수 있겠구나' 하는 자신감을 안겨준다(능력이 안 되어서 이렇게밖
에 못 쓰는데 독자들은 이런 시를 더 좋아한다.)

짧고 웃음을 주는 시를 써서 온 국민이 시인이 되도록 돕는
것이 내가 시를 쓰고 시를 강의하는 목표이다. 앞으로는 시뿐만
아니라 대학교재나 학술논문도 이렇게 쉽고 재미있게 써볼 참
이다. 실제로 논문을 그렇게 써서 제출했다가 익명의 심사위원
으로부터 구어체를 사용했다는 지적과 함께 퇴짜를 맞은 적이

있다.

평범한 일상을 기록하면 일기가 된다. 일기는 누구나 쓸 수 있다. 일기를 압축하고 반전을 추가해 감동을 주면 시가 된다. 조금만 다르게 생각하고 운율을 다듬으면 일기 쓰듯 시를 쓸 수 있다. 시인이 따로 있는 것이 아니라 우리 모두 시인이 될 수 있다.

가을 어느 날이었다. 날씨는 무척 좋고 '이럴 때 어디 산에라도 한번 가야 하는데' 생각만 하며 일에 치여 살고 있었다. 주말까지도 매우 바빴던 탓에 시간을 낸다고 해도 동네 뒷산이나 겨우 다녀올 수 있는 상황이었다.

그때 한 친구가 가야산 다녀왔다며 정상에서 찍은 사진을 SNS에 올려놓았다. 그 친구가 부러워서 혼자만 간 데 대한 원망 섞인 댓글을 달았다.

"날 두고 혼자 가야?"

그랬더니 그 친구, 꼭 한번 가봐야 할 산이라며 더 약을 올린다.

"난 가려고 해도 바빠서 못 가야!"

이렇게 댓글을 주고받으며 말장난을 하다 보니 댓글 자체가 시가 되었다. 말장난(언어유희)도 시 쓰기의 기교 중 하나이다.

이 시는 전적으로 그 친구 덕분에 쓰게 된 시이다. 원망 대신 감사해야 한다. 언젠가 그 친구와 함께 가야산 정상에 가서 함께 사진을 찍고 하산한 후에 파전에 막걸리 한잔 사야겠다. 이 시 얘기를 나누며.

이 일이 있고 그렇게 마음먹은 지도 벌써 10여 년이 흘렀다. 아직도 나한테 가야산은 꼭 가야 할 산으로 남아 있다.

에구~

산이 거기 있으면 뭐 하나. 가야~ 산이지.

일분쉼표

———

오선지 위 초승달
새로 생긴 쉼표

사분쉼표(𝄽)도, 팔분쉼표(𝄾)도 아닌
일분쉼표

하늘 보며 1분은 쉬어 가라는…

디카시가 시 분야의 새로운 영역으로 떠오르고 있다. 디카시는 디지털카메라로 찍은 사진에 짧은 생각을 더해 시적인 언어로 표현하는 것이다. 전국적인 공모전도 생겨나고 최근에는 몇 군데 신문사에서 신춘문예 공모에 일반 시나 소설 등과 함께 디카시 분야를 추가했다.

디카시 역시 남녀노소 누구나 즐길 수 있어서 잠깐 소개하고자 한다.

어느 날 황혼 무렵 퇴근길에 차를 운전하고 가는데 가느다란 초승달이 떠오르고 있었다. 참 예쁘다고 생각하며 가다 보니 어느 지점을 지나는 순간 초승달이 다섯 개의 전깃줄에 걸려 있는

것이 아닌가. 얼른 차를 세우고 사진을 몇 장 찍은 후 단상을 정리해보았다.

초승달이 다섯 개의 전깃줄에 얹혀 있으니 악보를 그릴 수 있는 오선지가 떠올랐다. 바쁜 일상이지만 하늘을 바라보며 일분 정도는 쉬어 가라는 의미가 아닐까 하는 생각을 하게 되었고 그래서 초승달을 악보에 새로 생긴 쉼표로 여겨 디카시로 완성했다.

악보에서 온쉼표(━)는 4박자이고, 온쉼표를 4로 나눈 사분쉼표(𝄽)는 1박자, 온쉼표를 8로 나눈 팔분쉼표(𝄾)는 1/2박자이다. 사분쉼표(𝄽)나 팔분쉼표(𝄾)에서 분(分)은 전체를 몇으로 나눈 부분을 의미한다. 하지만 일분쉼표에서 분(分)은 시간의 단위이다. 발음은 같지만 의미가 다른 동음이의어를 시적 기교로 활용한 것이다. 말장난, 좀 더 근사하게 표현하면 언어유희이다.

일분쉼표가 된 초승달, 일상에 쫓겨 아무리 바쁘더라도 1분 정도는 고개를 들고 하늘을 한번 바라보는 여유를 가져보자.

디카시를 써보고자 하는 분이 참고할 수 있도록 내가 디카시 쓰는 과정을 적어본다.

일상생활 속에서 자연이든 사물이든 평상시 익숙하지 않은 모습이나 현상을 발견하면 사진을 찍어 저장해 둔다. 당장에 어떤 창의적인 생각이 떠오르지 않더라도 무조건 카메라에 담아 둔다(그냥 지나쳤다가 나중에 단상이 떠올랐는데 그 순간을 다시는 사진에 담을 수 없어서 후회한 적이 몇 번 있었다. 그 뒤로는 버릴 때 버리더라도 웬만하면 모두 카메라에 담아 둔다).

시간 있을 때마다 저장된 사진을 꺼내 뚫어지게 쳐다보며 뭔가 다른 생각을 해보려고 노력한다. 그래도 영감이 떠오르지 않으면 그대로 묻어둔다. 어느 순간, 때론 자다가도 어떤 생각이 퍼뜩 떠오를 때가 있다. 그것을 얼른 메모해 둔다.

일반 시는 도입 부분에서 상황이나 배경을 설명한 후 본론으로 들어가야 한다. 그러나 디카시는 사진이 도입 부분을 대신하므로 따로 설명할 필요가 없다. 사진과 시가 일체인 점, 이것이 디카시와 일반 시의 결정적인 차이점이다. 사진을 보았을 때 누구나 바로 공감할 수 있는 내용을 함축하여 두 줄에서 다섯 줄 정도로 정리하면 한 편의 디카시가 완성된다. 형태는 일반 디카시 외에도 디카 하이쿠, 디카 정형시조 등 다양하게 쓸 수 있다. 다음은 그 예시이다.

디카 하이쿠 형태

피노키오

———

거짓말해서

코가 길어졌구나

정직이 생명!

디카 정형시조 형태

같은 도로, 다른 기준

_____

앞에는 육십이요 옆에는 오십이네

단속중 이라면서 이러면 곤란하지

도대체 어느 장단에 춤을 추란 말인가

물음표

마침표처럼
그냥 찍는 것이 아니지요

느낌표처럼
곧바로 내려가는 것도 아니고요

빙 돌아가며
조금 더 생각해 봐야 해요

잠시 멈춰
한 번 더 고민해 보고

그런 후
비로소 물어보는 거예요

그러다 보면
스스로 답을 찾기도 해요

〈?〉
——

그냥 찍는 것이 아니지요

빙 돌아가며 조금 더 생각해 봐야 해요

잠시 멈춰

한번 더 고민해 보고......

그리고

비로소 물어보는 거예요

이 시를 쓴 후 지인들에게 보여주었더니 다들 고민스러운 눈빛이었다. 시의 제목을 정하지 못해 도움을 요청한 것으로 생각한 모양이었다.

독자의 이해를 돕기 위해 제목부터 설명해야겠다. 이 시는 제목을 정하지 못한 것도 아니요, 제목을 무제로 남겨 놓은 것도 아니다. 제목이 문장부호 〈?〉이다. 그러므로 이 시는 물음표의 모양을 쭉 따라가듯 읽어주시길.

물음표는 마침표처럼 한방에 찍는 것이 아니다. 느낌표처럼 곧바로 내려가는 것도 아니다. 빙 돌아가며 조금 더 생각해 봐야 한다. 잠시 멈춰 한 번 더 고민해 보고, 그리고 비로소 물어보는 것이다. 그러다 보면 스스로 답을 찾기도 할 것이다.

'서당 개 3년이면 풍월을 읊는다'라는 속담이 있다. 모 신문사에서 이 속담을 이용하여 '(   ) 3년이면 (   ) 한다'의 괄호를 채워 문장을 만드는 이벤트를 연 적이 있다. '처가살이 3년이면 장모님과 방귀 튼다', '소개팅 3년이면 만난 사람 또 만난다' 등 재미있는 작품이 많이 나왔다고 한다.

나도 학교에서 학생들과 함께 창의력 수업을 하면서 이 괄호 넣기 게임을 해 보곤 한다. 역시 젊고 참신한 아이디어가 반영된 멋진 작품이 많이 나온다. 그중에 한 학생은 이런 작품을 내놓았다.

"? 3년이면! 한다."

3년 정도 묻고 또 물으면 결국 깨닫게 된다는 의미이니 멋진 작품이다. 이 학생은 바로 전 시간에 보여준 필자의 시 〈물음표〉를 보고 아이디어를 떠올렸다고 한다.

성철 스님은 생전에 당신을 만나러 온 사람들에게 3천 배를 시킨 것으로 유명하다. 무언가 답을 얻으려고 찾아온 사람들에게 먼저 3천 배를 하라고 요청했다. 그러지 않으면 만나주지 않았다고 한다.

성철 스님은 왜 먼저 3천 배를 하도록 했을까? 스님이 하신 말씀 속에 그 답이 있을 듯하다. 스님은 '수행자로서 평생을 살아가는 사람'한테 왜 자꾸 무엇을 얻으려고 하느냐고 꾸짖는다. 그리고 모두가 자기 속에 영원한 생명과 무한한 능력을 갖추고 있으니 자기를 바로 보고 각자 자신의 마음속에 있는 그것을 찾으라고 하신다.

성철 스님이 3천 배를 요구하자 실제로 성철 스님을 만나고 가는 사람은 별로 없었다고 한다. 물론 3천 배를 하지 못해 미리 포기하고 가는 사람들이 대부분이었을 것이다. 그런데 힘들게 3천 배를 끝낸 사람도 그냥 돌아가더라는 것이다. 3천 배를 하면서 자신에게 수없이 질문을 하다 보니 자기 안을 들여다보게 되고, 그러다 보니 고민이 해결되어 구태여 성철 스님을 만나지 않아도 되었던 것이다.

모든 답은 내 안에 있다. 우리는 끊임없이 내 안을 들여다보며 자신에게 질문을 던져야 한다. 스스로 근본적인 질문을 던지며 자기 안을 들여다보는 데 인문학이 유용한 도구가 될 수 있다.

제2장

관찰하기:
자세히 보면
시가 된다

땡땡이 넝쿨장미

선생님 몰래
우르르
담장 넘어가네

공부하기 싫었구나

자세히 보면 시가 된다고 한다. 정말 그럴까? 정말 그렇다.

어느 날 초등학교 담장 옆을 걷다가 담장 너머로 흐드러지게 피어있는 넝쿨장미를 한참 들여다보고 있었다. 시간이 흐르자 넝쿨장미가 학교 담장을 넘어오는 학생들로 보이기 시작했다. 그 느낌을 이렇게 썼다.

선생님 몰래

우르르

담장 넘어가네

뭔가 좀 심심해서 학생들에게 한마디 툭 던졌다.

공부하기 싫었구나

그랬더니 한 편의 동시가 되었다. 그런데 결정적인 한 방이 부족했다. 제목이다. 공부하기 싫어 담장을 넘어가는 학생들, 맞다 '땡땡이!' 그래서 이 시의 제목이 '땡땡이 넝쿨장미'가 되었다.

과거에는 학교 담장이 지금처럼 튼튼하지 못했다. 나무 등으로 가림막만 한 경우도 많았고 어딘가엔 학생들이 몰래 기어 다니는 구멍이 있었는데 보통 '개구멍'이라 불렀다. 개구멍이 여의치 않은 시멘트 담장은 몰래 넘어 다니기 일쑤였다.

하지만 나는 아니다. 모범생이었으니까. 물론 그때 만날 땡땡이만 치던 친구들이 지금 더 잘사는 경우도 많다.

이렇게 완성된 시를 지인들에게 보여줬더니 모두 '캬~' 하며 재미있다고 했다. 특히 '공부하기 싫었구나' 이 한마디가 죽여준다며 좋아했다.

그런데 한 지인이 저 넝쿨장미 선생님께 들킨 것 아니냐, 선생님께 혼날 장미가 안쓰럽다고 했다. 그래서 혼날까 봐 가슴 아파하는 독자들을 위하여

멀리서 선생님이

바라보시네

선생님도?

이렇게 후 연을 추가했다. 시인은 독자를 아프게 해서는 안 되므로, 독자의 아픈 마음을 치유해줘야 할 의무는 있으나 아프게 할 권리는 없으므로. 마지막 부분에서 선생님도 어떻다는 것일까? 선생님도 한마음이지 않겠는가, 그러니 학생들 혼내기야 하시겠는가….

선생님 꽃은 운동장 담장 반대편 화단에 피어 있는 왕장미쯤. 이 장미는 가시도 없고, 담을 넘고 있는 넝쿨장미를 부러운 눈으로 바라보고 계시니 혼낼 일 없으리라. 그러니 독자들은 안심하시라.

이렇게 해서 완성된 작품을 우리말 가꿈이 '아리아리' 주최 'SNS 아름다운 우리말 시 뽐내기 대회'에 출품했더니 당선이 되었다. 그래서 도청과 향교 등에 전시가 되었던 작품이다.

이렇듯 우리는 모두 시적인 감성을 가지고 있다. 다만 시를 쓰려는 의도를 가지고 시도를 해보느냐 하지 않느냐 하는 차이가 있을 뿐이다. 어떤 분은 강의 때 이런 얘기를 듣고 책상 위에 놓인 텀블러를 오래 바라보다가 즉석에서 시를 쓰기도 했다.

자세히 보면 모두 시가 된다. 꼭 해보시기 바란다.

시계탑

—

눈을
열두 개나 가지고 있으면서
넌, 참 거만하구나
올려다보아야만 아는 체를 하니

무슨 소리야
눈 마주치자마자
넌, 늦었다며
총총걸음으로 가 버리잖아

학교나 공공장소에는 대부분 시계탑이 있다. 우리는 시계탑을 몇 번이나 보았을까? 아마 수도 없이 많이 보았을 것이다. 그런데 실은 시계탑을 본 것이 아니다. 시계탑이 아닌 시간을 본 것이다.

시간이 아닌 시계탑을 보기 위해서는 먼저 시계탑에 관심을 가져야 한다. 뚫어지게 쳐다보아야 한다. 시계탑에게 말을 건네 보기도 하고 시계탑이 하는 말을 들어보기도 해야 한다. 그러려면 내가 시계탑이 되어 보아야 한다. 시계탑의 처지에서 하고 싶은 말이 무엇일지 생각해 보고 들어 보는 것이다.

어느 날 시계탑을 오랫동안 뚫어지게 쳐다보았다. 불만스러운 투로 말도 건네 보았다. 그러자 시계탑이 바로 반격을 가해

왔다. 그걸 얼른 받아 적었다. 그리고 서울문학에 보냈더니 당선이 되어 신인문학상을 받게 되었다. 〈시계탑〉은 나에게 늦깎이 시인이자 아동문학가가 되게 해준 동시이다.

애들이 싸우면 어른들은 이렇게 말한다.
"내버려 둬요. 애들은 싸우면서 크는 거지 뭐~."
내버려 두었더니 아니나 다를까 금방 서로 화해하고 잘 논다. 그런데 나이 먹을수록 한번 싸우면 화해하는 데 걸리는 시간이 길어진다. 급기야 싸우고 나서 평생 원수로 지내는 경우도 있다. 나이 들수록 인문학이 더 필요한 이유이다.

인문학은 자연을 다루는 자연과학과 대립하는 학문영역으로 인간의 생각과 문화를 대상으로 연구하는 분야이다. 인문학을 공부하면 상대를 더 잘 이해하게 되어 좋은 인간관계를 유지하는 데 도움이 된다. 한마디로 하면 역지사지(易地思之), 즉 처지를 바꾸어 다른 사람의 위치에서 생각하는 것이다.

우리가 많이 사용하고 있는 '입장(立場)'이라는 단어는 국어사전의 의미로는 '당면하고 있는 상황'을 말한다. 한자로는 '설립(立)'에 '마당, 장소, 경우 장(場)'이다. 따라서 입장을 바꾸어 본다는 것은 서 있는 장소나 경우를 바꾸어 생각한다는 뜻이다

(입장은 일본말 '다치바(立場)'를 한자로 적은 것을 그대로 읽은 것이기에 처지, 위치 등으로 바꾸어 쓰는 것이 좋다는 의견도 있다).

영어식 표현은 "Put yourself in my shoes(너도 내 위치가 되어 봐)"이다. 스스로 상대의 신발을 신어보는 것, 예컨대 갑이 을의 처지가 되어 보는 것이다. 그러면 갑의 우월적 힘이나 지위를 이용한, 소위 갑질을 할 수 없게 된다.

헨리 포드는 "성공을 위한 비결이 하나 있다면 그것은 상대방의 관점을 이해하고 상대방의 관점에서 사물을 보는 능력이다"라고 했다. 미국의 법률가이자 사업가였던 오웬 D. 영 역시 "다른 사람의 사고방식을 이해하고, 그 사람의 처지에서 사물을 볼 줄 아는 사람은 미래를 걱정할 필요가 전혀 없다"라고 말했다.

30여 년 동안 신입사원 교육 및 직무교육을 진행한 회사가 있다. 직원들 상당수가 신입사원 시절에는 상사에 대한 불평을 말한다. 그런데 그 신입사원이 상사가 되어서는 또 새로 들어온 신입사원들에게 불평의 대상이 되어 있다. 군대에서도 졸병 시절엔 선임자에 대해 이래저래 불만투성이다. 그 졸병이 선임자가 되어서는 또 새로 들어온 졸병들에게 불만의 대상이 된다. 모두가 상대의 처지를 생각하지 않고 현재의 위치에서 자기 생각만 하기 때문이다.

동시 〈시계탑〉은 갑과 을의 처지를 바꾸어 생각해 본 것이다. 나는 시계탑에 불만을 가득 안고 말을 건넸는데 시계탑은 시계탑대로 나에게 서운한 마음을 가지고 있었고, 그동안은 서로 그걸 몰랐다. 이렇듯 상대의 처지를 알게 되면 상대를 이해하게 되어 서로 좋은 관계를 유지할 수 있다.

풍경 소리

――

처마 모퉁이에 매달린
물고기 한 마리

집으로 가고 싶어
눈물이 그렁그렁

바람 불 때마다
땡그렁 ~
~ 그렁그렁
땡그렁 ~
~ 그렁그렁

풍경(風磬)은 처마 끝에 다는 작은 종이다. 안쪽엔 주로 물고기 모양의 쇳조각이 매달려 있어 바람이 불면 흔들리면서 종소리가 난다. 풍경은 동양 문화에서 많이 사용되며, 자연의 아름다움과 조화로움을 나타내는 상징적인 요소로 간주된다.

풍경을 처마 밑에 매달게 된 이유는 다양하다. 전통적인 동양 건축물에서는 처마 밑에 매달린 풍경으로 건축물의 아름다움을 강조하고, 자연과 인간의 조화를 상징적으로 나타내기 위해 사용한다. 이때 풍경은 안정감과 평화로움을 느끼게 해준다.

처마 밑에 매달린 풍경은 인테리어 디자인 측면에서 자주 활용된다. 풍경을 때리는 바람 판은 탁설(鐸舌)이라고 하는데 대부분 물고기 모양을 하고 있다.

어느 무더운 여름날 산사에 갔다가 풍경이 바람에 흔들리며 소리를 내는 모습을 보게 되었다. 한참을 쳐다보다가 불현듯 '물고기가 어쩌다 깊은 산속으로 들어오게 되었을까?' 하는 생각을 하게 되었다. 이어서 집으로 돌아가고 싶을 것이라는 생각을 하게 되고 그러자 바람에 땡그렁 땡그렁 하는 소리가 눈물 소리로 들리게 되었다.

땡그렁은 소리(의성어)이고, 그렁그렁은 모양(의태어)이다. 그 둘을 그렁이라는 공통 단어로 묶어 청각을 시각화하였다. 일종의 공감각이다.

국어사전에 따르면 공감각이란 "어떤 하나의 감각이 다른 영역의 감각을 일으키는 일, 또는 일으켜진 감각을 말한다. 소리를 들으면 빛깔이 느껴지는 것 따위이다." 공감각을 이용한 시 한 편을 더 보자.

싸움
———

내가 이마에 성난 소리를 내니
친구가 목소리에 인상을 썼다

이마의 표정에서 소리가 들리고, 목에서 나오는 소리에서 표정이 보인다. 이런 게 공감각이다.

시를 쓸 때 공감각을 이용하면 어떤 점이 좋을까?

공감각은 주변 세상을 더 깊이 이해하고 느끼며, 시를 통해 다른 사람들과 감정적으로 연결되는 데 도움을 줄 수 있다. 이를 통해 시의 힘과 아름다움을 더욱 높일 수 있는 것이다.

공감각을 기르는 방법은 다양하다.

첫 번째로 주변 세계를 주의 깊게 관찰하는 것이 중요하다. 사물, 자연, 사람들의 움직임과 표정 등을 세밀하게 관찰한다. 관찰하는 습관을 기르면 시를 쓸 때 세세한 묘사와 감정을 더 잘 담을 수 있다.

두 번째로 청각 체험이다. 소리와 음악은 감정과 연결되는 강력한 요소이다. 음악을 듣거나 자연의 소리를 경청하면서 감정과 연결된 소리를 느껴보자. 이를 통해 시에 소리와 음악을 활용하여 감정을 표현할 수 있다.

세 번째로 촉각과 미각 체험이다. 다양한 재료와 장면을 만져보고, 맛을 느껴보는 것도 공감각을 기르는 방법이다. 손으로 향기로운 꽃을 만져보거나, 다양한 음식을 맛보면서 감각적인 경험을 넓혀 보자. 이를 통해 향기와 촉감, 맛 등을 시에 표현하여 독자들에게 더 생생한 경험을 전달할 수 있다.

　네 번째로 자신의 감정을 인식하고 이해하는 것이다. 자신의 감정을 자주 점검하고, 다양한 감정을 경험하고 이해하도록 노력해 보자. 이를 통해 시에 감정을 다양하게 표현하고 독자들과 공감을 형성할 수 있다.

하늘의 별을 따서

———

하늘의 별을 따서 가슴에 띄워두네
애절한 그리움이 온몸에 사무치니
홀연히 별똥별 되어 그대에게 가리라

총각 시절, 서대문 기찻길 옆 오막살이 같은 집에서 자취를 했다. 방은 손바닥만 한데다가 화장실을 가려면 좁은 마당을 지나 몸을 옆으로 해야 겨우 통과할 수 있는 곳이었다. 여러 가구가 공동으로 사용하는 재래식 화장실이었고, 그 골목에는 똥차가 늘 긴 호수를 뻗어 똥을 흡입하고 있었다.

자취방 천장에 녹색으로 그린 별을 붙여놓았다. 밤이면 그 좁은 천장이 광활한 우주가 되었다. 밤하늘을 여행하다가 소행성 B612에 가서 어린 왕자를 만나고 오기도 했다.

벽에도 별이 있었다. 와이셔츠를 포장할 때 사용하는 두꺼운 도화지를 모아두었다가 별을 그리거나 좋아하는 시를 한 수 적어서 벽에 붙여놓곤 했다. 이렇듯 내 곁엔 늘 별이 있었다.

언젠가 교외 식당으로 밥을 먹으러 갔는데 화단에 딱 별 모양의 꽃이 피어 있었다. 신기해서 자세히 보고 있었더니 식당 사장님이 지금 새순이 많이 나오고 있으니 몇 개 뽑아다가 집에 심으라고 하셨다. 탐이 나서 가져다가 아파트 베란다에 심었다. 줄기가 감고 올라갈 줄을 만들어주었더니 어느새 베란다 천장까지 뻗쳐나가 빨간 별 모양 꽃이 피었다. 그 모습을 바라보다가 '하늘에만 별이 뜨는 게 아니구나' 하고 생각하며 내 마음에도 상상의 별 하나를 띄우고 이 시를 썼다.

강의할 때 수강하는 분들에게 별 모양 꽃을 보여드리기 위해 사진을 찍었다. 가장 완벽하고 흠이 없는 별 모양의 꽃을 카메라에 담으려고 이 꽃, 저 꽃 모두 찾아보았으나 자세히 보니 모두 흠이 있었다. 그걸 보고 이렇게 시작하는 시를 하나 썼다.

'꽃에도 상처가 있다.'

그런데 어딘가 익숙한 문구여서 인터넷을 찾아보니 정호승 시인의 '풀잎에도 상처가 있다'라는 시에 나오는 구절이다. 내가 먼저 썼어야 했는데 아깝게도 한발 늦었다. 지금 내가 그와 비슷한 시를 쓰면 바로 표절이 되고 만다. 뭐든 선점이 중요하다.

표절 시가 되지 않도록 약간 다른 각도에서 정형시조 형태로 정리해 본다.

흠 없는 꽃 찾으려 꽃밭을 다 뒤지네

옥에도 티가 있듯 꽃들도 다 그렇네

하물며 사람 마음에 상처 하나 없으랴

휴대전화

내가 너를 쥐고 있다고
생각했는데

실은
네가 나를 쥐고 있구나

인터넷을 떠도는 4컷짜리 만화에 이런 내용이 있다. 새들
이 허수아비를 보며 서로 대화를 나눈다.

"저게 사람일까?"

"걱정 마, 저건 허수아비야!"

"그걸 네가 어떻게 알아?"

"휴대전화를 안 보고 있잖아."

"맙소사!"

우리는 늘 손에 휴대전화를 쥐고 살고 있다. 정확하게 표현
하면 우리가 휴대전화에 쥐여살고 있는 셈이다. 개가 개 줄에
묶여 있듯이 우리는 충전기 줄에 묶여 살아가고 있는 것은 아닌

지 되돌아볼 일이다.

동영상, 게임, 웹서핑 등으로 많은 시간을 소비하는 이들이 많아졌다. 버스나 지하철에서 거의 모든 사람이 고개를 숙이고 스마트폰을 보고 있다.

학교 수업 시간 풍경도 다르지 않다. 책상이나 교과서 밑에 휴대전화를 두고 수시로 들여다본다. 심지어 귀에 무선 이어폰을 꽂고 영상을 보는 대담한 학생도 있다.

최근 연구들은 뇌과학의 관점에서 디지털 중독의 심각성과 디지털 거리 두기의 필요성을 명확하게 밝혀주고 있다. 디지털 매체의 과도한 사용은 주의력과 집중력을 담당하는 전전두엽의 활성화를 감소시켜 뇌 구조와 기능의 변화를 불러오는 것으로 나타났다.

삼성서울병원 정신건강의학과 최정석 교수팀은 18~39세 인터넷 게임 중독 치료를 받은 환자 26명과 정상 대조군 25명을 대상으로 기능적 자기공명영상(MRI)과 사건 관련 전위 뇌파검사를 한 결과, "게임 중독자는 뇌 구조 간 정보 처리가 불균형하다"라는 사실을 밝혀냈다. 이에 따라 주의력이 분산되고, 정보 처리 속도와 작업 기억력이 저하될 수 있다. 학업이나 업무에 집중하기 어렵게 만들어 성과와 생산성에도 영향을 미칠 수 있는 것이다.

또 디지털 매체의 과도한 사용은 뇌의 도파민 수치를 불균형하게 만들 수 있다. 이는 중독 질환과 유사한 뇌 기능 변화를 초래하게 된다.

뿐만 아니라 디지털 중독은 정서적 문제와 사회적 관계에도 부정적인 영향을 미칠 수 있다. 현실 세계와의 상호작용이 감소하고, 사회적 관계의 질과 만족도가 저하된다. 또한, 디지털 매체 사용에 의한 정서 조절의 어려움으로 인해 우울, 불안, 스트레스 등의 정신 건강 문제가 증가할 수 있다.

이에 따라 스마트폰의 장시간 사용으로 인한 부작용이 심각하게 대두되고 '디지털 디톡스(거리 두기)'라는 용어가 나오게 되었다. 잠깐 디지털 기기의 사용을 멈추고 휴식을 취하거나 다른 활동을 하면서 심신을 회복해야 할 필요가 대두된 것이다.

디지털 디톡스를 실천하기 위한 몇 가지 방법을 정리해 본다.

1. 시간 설정: 하루 중 식사 시간이나 취침 전 혹은 주말의 일정 시간 등 구체적인 시간을 설정해 디지털 기기 사용을 금지한다. 이 시간을 활용해 독서, 운동, 사랑하는 사람과 함께 좋은 시간 보내기 같은 활동을 한다.

2. 사용 시간 제한: 내장 기능이나 앱을 이용하여 스마트폰, 태블릿, 컴퓨터 사용 시간을 추적하고 제한한다.

3. 마음챙김 실천: 스트레스를 줄이고 정신적 명료함을 향상하기 위해 명상, 심호흡, 걷기, 마음챙김 시간을 따로 마련한다.

4. 오프라인 활동에 참여하기: 예술, 음악, 정원 가꾸기, 요리 등 디지털 기기와 관련되지 않은 취미와 관심사를 찾아 적극 참여한다. 커뮤니티나 클럽에 가입하여 새로운 사람들을 만나고 오프라인에서 공유 활동에 참여하는 것도 좋은 방법이 될 것이다.

5. 자연과 가까이: 공원에서 여유롭게 산책을 하거나, 하이킹이나 캠핑을 간다. 그저 앉아서 멍때리기를 하는 것도 좋다. 자연은 마음을 진정시키는 효과가 있으며 디지털에 대한 압도감을 줄이는 데 도움이 된다.

망해사 해우소

―――

서해안 어느 절의 해우소
쭈그려 앉은 눈높이에
나무 창 하나
바다가 들어온다

바닥에 난 직사각형 구멍 위에
바지춤 내리고 앉아봐야
망해사(望海寺)를 알게 된다

예전엔 물 위가 아니라
똥 위에 똥 탑을 쌓았다
내 똥과 네 똥이 만나니
그것도 인연이리라

똥 한 덩이 누고 밑을 보면
그 똥 언제 바닥에 닿을까

겁나게 깊은데
찰나에 떨어진다

어른들은 똥이 차오르면
똥장군에 퍼 지게에 매고
가난한 밭에 거름을 주었다
그땐 언제 어른이 될까 싶었는데
그것도 겁 아닌 찰나였다

무한의 공간 속,
점 하나도 안 되는 미물이
무한의 세월 속,
찰나를 살아간다

바다가 보이는 해우소
그 해우소에
삶의 진리 하나 놓여있다

망해사(望海寺), 전라북도 김제시 진봉면 심포리에 있는 사찰이다.

망해사에는 '바다가 보이는 찻집'이 아니라 '바다가 보이는 해우소'가 있다. 재래식 화장실이다. 바닥에만 구멍이 나 있는 것이 아니라 쭈그려 앉은 눈높이에 네모난 나무 창이 하나 나 있다. 그 창을 통해 바다가 들어온다. 망해사 해우소 그 작은 공간에 앉아 무한의 세월 속, 삶과 죽음의 진리를 생각해 본다.

시간의 단위로 가장 길고 영원한 시간을 불가에서는 '겁(劫)'이라고 한다. 이는 도대체 얼마나 긴 세월일까?

하늘의 천사가 100년에 한 번씩 내려와 목욕하고 올라간다. 내려올 때마다 치마로 큰 바위를 한 번씩 스치는데 그러면 언젠가는 치마가 완전히 닳아지게 된다. 그렇게 해서 치마가 다 닳아지는 데도 엄청난 세월이 흘러야 할진대 치마가 바위를 스쳐서 바위 하나가 다 닳아질 정도라면 얼마나 긴 세월이 흘러야 할까? 이 무한의 세월을 '겁(劫)'이라고 한다.

어떤 사람은 이렇게도 얘기한다. "불교에 무슨 천사가 있느냐, 겁이란 그런 게 아니라 망망대해에 구멍이 뚫린 널판자(춘향이가 옥에서 머리를 끼우고 있던 '칼' 같은 짓)가 떠다니고 바닷속을 헤엄쳐 다니던 거북이 한 마리가 100년에 한 번씩 머리를 물 위로 내미는데 그때 마침 그 널판자의 구멍으로 거북이 머리가 끼워지는 세월을 말한다."

국어사전을 찾아보니 설명하기가 너무 어려웠던지 '천지가 한 번 개벽한 때로부터 다음 개벽할 때까지의 동안'이라고만 되어 있다.

또 《잡아함경(雜阿含經)》에는 다음과 같이 설명되어 있다. 사방과 상하로 1유순(由旬 : 약 15km)이나 되는 철성(鐵城) 안에 겨자씨를 가득 채우고 100년마다 겨자씨 한 알씩을 꺼낸다. 이렇게 겨자씨 전부를 꺼내어도 겁은 끝나지 않는다고 한다.

가히 겁(劫)이란 겁(怯)나게 긴 세월임에 틀림이 없는 것 같다. 그것도 부족해서 1겁이 아니라 '수억 겁'이라고들 하고 있으니 도대체 얼마나 긴 세월을 말하고 싶은 것인가.

한편, 일반적으로 시간의 단위로 가장 짧은 시간을 '찰나(剎那)'라고 한다. 이는 또 얼마나 짧은 시간일까? 찰나는 산스크리트어의 '크샤나', 즉 순간(瞬間)을 음역한 것으로 계산이 좀 복잡한데 결론은 75분의 1초(약 0.013초)를 1찰나라고 한다. 어떤 이는 사람이 손가락을 한 번 튀기는 사이(一彈指時)에 65찰나를 계산한다고 한다. 그러므로 일탄지시의 65분의 1을 1찰나라고 한다.

불교에서는 모든 것이 1찰나마다 생겼다가 멸하고, 멸했다가 생긴다고 가르치는데, 이것을 '찰나생멸(剎那生滅) · 찰나무상(剎那無常)'이라고 한다. 또 사물의 무상한 궁극적인 모습을 일기(一期)생멸이라 표현하기도 한다. 현재의 1찰나를 현재라 하고, 전 찰나를 과거, 후 찰나를 미래라 하며, 이 셋을 합하여 찰나 삼세(三世)라 하였다.

이렇듯 수억 겁의 세월 속에 찰나를 살아가는 것이 우리의 인생인데 같은 세대로 지구상에 태어나 함께 살아가는 것만 해도 얼마나 큰 인연일까. 그것도 지구상의 수십억 인구 중에 같은 대한민국에 태어났다면, 게다가 같은 시간 같은 장소에서 옷깃이라도 스쳤다면, 옷깃 스친 정도가 아니라 서로 명함을 주고

받으며 인사를 나누었다면, 정말 그 무한의 세월 속에 이루어진 만남을 생각하면 얼싸안고 더덩실 춤이라도 추어야 할 판이다. 하물며 오랫동안 한 사무실에서 근무하는 직장 동료라면, 평생을 함께 살아가는 가족이나 부부라면 또 어떤가.

여름인가 했더니 금세 가을이듯이 순식간에 한평생을 보내고 죽음을 맞게 된다. 그리할진대 뭐 그리 아등바등 살 필요가 있겠는가. 아등바등 살더라도 즐겁고 행복하게는 살아야 하지 않겠는가.

죽음을 인식하면 삶이 착해진다. 여기서 죽음은 나의 죽음뿐 아니라 다른 사람의 죽음도 포함한다. 내 부모가 나보다 먼저 돌아가실 것이라고 인지하면 '효도해야지'라고 생각하게 된다.

정말 안타까운 일이지만, 선박이나 항공 사고로 죽음을 목전에 둔 사람들이 가족에게 남긴 글이나 음성은 '미안해, 사랑해'이다. 세월호 사건 이후 대한민국의 모든 부모가 착해졌다. 갑자기 엄마가 너무 잘해 주니 '요즘 우리 엄마가 이상해졌다'라고 말하는 아이가 많았었다.

나 역시 세월호 사건 직후, 4층에 있는 연구실에서 밖을 내다보다가 지나다니는 학생이 보이면 바로 뛰어나가서 안아주고 싶은 충동을 느꼈었다. 아무라도 붙들고 "내 앞에 살아 있어 주어서 고맙다, 사랑한다"라고 말해 주고 싶었다. 숙제를 안 해 오든 지각을 하든 수업 중에 딴짓을 하든 아무런 문제가 되지 않았다.

지금도 매년 4월이 되면 세월호 추모 수업을 한다. 그날은 출석을 부르면서 학생 한 명 한 명을 불러내 안아준다. 이름을 부르고 사랑한다고 말해준다. 물론 원하지 않는 학생은 나오지 않아도 되고 손이 닿을 듯 말 듯한 비접촉 프리허그이다. 일부 남학생들은 오히려 나를 와락 끌어안으며 "저도 사랑합니다"라 고 크게 외치기도 한다. 내 앞에 이렇게 예쁜 학생들이 살아 있 는 일상이 기적이라 생각하면 눈물이 나려 한다. 이름을 부를 수도, 안아줄 수도 없는 세월호의 아이들을 생각하며 해마다 가 장 잔인한 달 4월을 그렇게 흘려보낸다.

김명기 시인의 시 〈팽목〉 마지막 부분을 떠올리다가 울컥하 기도 하면서.

방파제 끝에 걸린 한 문장 '따뜻한 밥 해서 같이 먹고 싶다' 이 기가 막힌 문장 앞에 누군들 무릎 꿇지 않으랴 (김명기, 《종점식당》, 애지, 2017)

사람 인(人)

넘어지려 하니
뒤에서 받쳐준다

사람이라면
그래야 한다

인(人)이라는 한자는 사람의 모양을 따서 만들었다고 한다.

두 사람이 등을 서로 맞대고 있는 모습이라고도 하고 팔을 지긋이 내리고 있는 사람을 그린 것이라고도 한다.

인(人)이라는 한자의 모습을 또 다른 각도에서 볼 수도 있겠다. 한 사람이 넘어지려 하자 뒤에서 다른 사람이 받쳐주는 모습으로. 사람이라면 그래야 하지 않겠는가. 사람이라면 사람 인(人)이어야 한다.

어찌 사람뿐이랴.

산에 갔다가 발견한 나무 한 쌍. 계곡 쪽으로 경사진 곳에 크나큰 나무 한 그루가 넘어지자 다른 나무가 넘어지지 않도록 받치고 있다.

넘어지던 나무는 받쳐 준 나무 덕에 살아났다. 받쳐 준 나무가 없었더라면 넘어져서 뿌리째 뽑혀서 말라 죽었을 것이다.

받쳐 준 나무 역시 힘든 듯 기울어져 있다. 도와주려면 손해도 보고 때론 희생도 필요하다. 그래도 한 생명을 구한 것이니 그 이상 보람이 어디 있으랴.

우리에게 정의가 살아있다
때리는 사람이 아프기 때문이다
모순이다
모순이 정의를 살아있게 한다

이봉형 시인의 시 〈뿌리〉의 일부이다.

그런데 오늘날엔 때리고서도 아프지 않은 사람들이 많다. 아프기는커녕 상대의 아픔을 즐기는 사람들도 있다. 정의가 살아 있지 않은 것이다. 때리면서 아프지 않은 것은, 실은 아프지 않은 것이 아니라 아프면서도 아픔을 느끼지 못하는 것이다.

아픔을 아픔으로 느끼게 해 주는 것이 인문학이다. 인문학은 자신을 돌아보게 함으로써, 자신이 누군가를 때리면 맞는 사람보다 때리는 자신이 더 아플 수 있다는 것을 깨닫게 해 준다.

학교교육 현장에서 왕따 문제도 이런 시각에서 접근하면 문제를 더 쉽게 해결할 수 있다. 아이들에게 어렸을 적부터 인문학적 사고를 갖게 해 주어야 한다.

인문학적 사고력을 키우는 데 시만큼 좋은 것이 없다. 좋은 시를 읽으면 감수성이 자라고 스스로를 성찰하는 힘을 갖게 된다. 시 읽기보다 더 좋은 것은 시를 직접 써보는 것이다.

이봉형 시인은 그의 시집《어쩌다가 도둑이 되었나요》서문에서, 한 편의 시를 쓰고 나면 시인은 다른 곳, 새로운 곳에 서 있곤 했는데 그것은 '정신의 걸음'이 분명했다고 말한다. 시를 쓴다는 것은 정신의 걸음을 한 걸음씩 내딛는 것이며 깨우침의 과정, 치유의 과정인 것이다. 그래서 류시화 시인이 말한 것처럼 한 편의 시가 보태지면 세상은 더 이상 이전과 같지 않게 된다.

끔찍한 범죄를 저지르고 판결을 받기 위해 법정에 선 탈옥수 신창원에게 판사가 물었다. 왜 그렇게 많은 범죄를 저질렀냐고. 그가 말했다.

"초등학교 시절에 육성회비를 내지 못했다는 이유로, 같은 반 친구들이 모두 보는 가운데 담임선생님께 슬리퍼로 뺨을 맞았습니다. 그때부터 내 마음속에 악마가 자라기 시작했습니다."

그때 선생님이 시인의 감성을 가진 이였다면, 그래서 신창원

씨에게 악마가 아닌 시인의 감성을 심어줬다면 무고한 시민들이 희생되는 일은 발생하지 않았을 것이다.

욕심에 눈이 멀어 누군가를 밀치지는 않았는지, 누군가 넘어지는데 보고만 있지는 않았는지, 나 자신과 주변을 돌아본다.

민달팽이

부부가 하나 되어
평생 기어 다녀도

집 한 채 없는
서러움

아침에 일어나 보니 거실에 민달팽이 한 마리가 기어가고 있어 깜짝 놀랐다. 어떻게 아파트 거실에까지 달팽이가 들어왔을까? 종이 위로 기어오르게 해서 바깥 화단으로 던져주었다. 약간의 충격은 있었겠지만, 질량이 워낙 작으니 사뿐하게 내려앉았으리라.

달팽이는 부모 잘 만나 날 때부터 집 한 채씩 가지고 태어난다. '금수저'다. 암수한몸(자웅동체;雌雄同體)이니 둘이서 평생 그 집에서 살면 된다. 자라면서 집도 저절로 커지니 평수를 넓혀 이사 갈 필요도 없다.

민달팽이도 암수한몸이지만 (집)달팽이와 달리 태어날 때 집이 없다. '흙수저'다. 부부가 온 세상을 훑으며 평생을 기어 다녀도 집 한 채 장만 못 한다.

지금 젊은이들이 취업해서 평생 돈을 모은다면 얼마나 모을 수 있을까? 한 달에 100만 원씩 저축한다고 해도 1년에 1,200만 원, 10년을 모아도 1억 2천만 원이다. 결국 평생을 모아도 집 한 채 사기 어렵다는 이야기이다.

부부가 맞벌이하며 평생 돈을 모아도 집 한 채 마련할 수 없는 현실, 그래서 일찍이 내 집 마련의 꿈을 접어두고 월세방을 전전해야 하는 이 땅 젊은이들의 아픔!

집이 재산증식을 위한 투자나 투기의 대상이 아니라 삶의 공간이 되는 세상이 빨리 오기를 바라는 마음으로 이 시를 썼다.

시와 신김치

'시와 마술'을 결합한 강의를 한다는 말에 한 목사님이 묻는다. '시와 미술'이 아니고 '시와 마술'이 맞냐고 다음엔 시와 신김치겠다고 아~ 시와 신김치라니. 시와 막걸리, 시와 소주라면 또 모를까 시와 신김치라니. 시와 신김치, 신김치와 시. 어떤 관련성이 있을까. 궁금해 여쭤보았더니 시도 신김치도 모두 좋으면 침이 꼴딱한다고 아하~ 침이 꼴딱! 좋은 시란 그런 것이구나. 시와 신김치! 둘 다 쓰고 새콤달콤하고, 둘 다 씹을수록 맛이 나는 것이다.

나의 시는 어떤 신김치일까. 새콤달콤한 배추김치일까, 시원한 오이소박이일까, 아니면 아삭한 깍두기일까, 달짝지근한 백김치일까, 그것도 아니면 쌉쓰름한 갓김치일까. 시에 단맛 쓴맛 없으면 신맛이라도 있어야 하는데 나의 시를 돌아보건대 신맛 잃은 자두처럼 싱겁고 밋밋하기만 했구나. 시인으로도 경제학자로도 소주에 막걸리 탄 듯 라면에 설탕 탄 듯 오이 맛도 호박 맛도 아니었구나.

나의 시에도 마술처럼 신맛이 깃들기를, 시집의 페이지와 항아리 속에 숨겨진 신맛에 침이 꼴딱하기를. 인생이라는 끝없는 연회 속에 새로운 맛, 새로운 경험, 새로운 모험을 찾아, 시와 신김치에 건배를!

요즘 강의의 대세는 '재미'이다. 학교에서 하는 전공 강의도 재미없으면 학생들이 흥미를 잃고 꾸벅꾸벅 존다. 대중 강의 역시 아무리 내용이 알차도 재미가 없으면 청중으로부터 외면당한다.

나도 강의 준비하면서 유머뿐만 아니라 영화나 시, 음악, 미술 등 흥미를 유발할 만한 요소와 연결하여 재미와 감동과 여운을 남기는 강의가 되도록 공을 많이 들인다. 그것으로도 부족하여 몇 가지 마술을 배워 활용하기도 한다.

한번은 시와 마술을 결합한 강의를 하고 나서 사진과 함께 강의 내용을 SNS에 올린 적이 있다. 이것을 본 한 목사님이 당연히 '시와 미술'일 줄 알았는데 '미술'이 아니라 '마술'이냐고 물어오셨다. 그러면서 다음엔 '시와 신김치'겠다고.

신김치? 시와 신김치가 어떤 관련이 있느냐고 여쭤보았다. 이 시는 그렇게 해서 쓰게 된 시인데 독자들께 다양한 시의 형식에 대해 알려드리기 위해 이번엔 산문시 흉내를 내보았다.

시는 분류 기준에 따라 여러 종류로 나눌 수 있다. 그중 진술 형태에 따르면 크게 자유시, 정형시, 산문시로 나뉜다. 자유시는 형식에 구애되지 않고 자유롭게 쓰는 시이다. 정형시는 운율, 즉 글자 수를 맞추어 쓰는 시이다. 반면에 산문시는 일정한 운율을 갖추지 않고 자유로운 형식으로 산문처럼 쓰는 시로서 산문과 전통 운문 시의 중간 지점을 차지하기에 자동차로 치자면 하이브리드 형식이라 할 수 있다.

산문시는 일반 시와 달리 엄격한 줄 바꿈과 운율은 물론 문단 중심의 산문 구조도 따르지 않는다. 대신 산문처럼 연속적으로 흘러가지만 시적 기법을 접목하고 있다. 그래서 산문시는 개인적인 성찰과 관찰부터 사회적 논평과 초현실적인 이미지에 이르기까지 광범위한 주제를 탐구할 수 있다. 유연한 형식을 통해 시인은 다양한 주제와 스타일을 실험할 수 있는 것이다.

그러면 산문과 산문시는 무엇이 다를까?

산문은 가장 일반적인 글쓰기 형식으로, 특별한 운율 구조나 줄 바꿈 없이 자연스러운 흐름이 특징이다. 또한 전통적인 문법과 구두점 규칙을 따른다.

반면에 산문시는 산문과 시의 특징을 결합하여 두 형식의 경계를 모호하게 한다. 산문시는 연속된 텍스트를 사용하고 전통적인 시의 줄 바꿈이나 연의 구분이 없다는 점에서 산문과 유사하지만 고조된 이미지, 은유, 리듬과 같은 시적 요소를 포함한다. 또한 산문시는 언어와 형식에 대해 더 유동적이고 실험적인 접근 방식을 허용한다. 따라서 작가는 전통적인 시보다 덜 구조화된 방식으로 주제와 아이디어를 자유롭게 탐구할 수 있다.

일반 시도 마찬가지이지만 특히 산문시는 소리 내어 읽어보면 좋다. 이 시도 소리 내어 읽어보면 산문과 다른 몇 가지 특징을 찾아볼 수 있다.

먼저, 겉으로 명확하게 드러나지는 않지만, 시에서 가장 중요한 요소 중 하나인 운율(잠재되어 있는 내재율)을 은근히 느낄 수 있다.

둘째, 겉으로는 산문처럼 보이지만 기승전결의 시적 구조를 갖추고 있고 그 안에 몇 가지 시적 기교도 들어 있다.

셋째, '좋은 시를 생각하면 군침이 돈다'는 식의 감각적인 디테일을 활용하여 생생한 이미지를 그린다.

넷째, 비록 목사님의 아이디어를 훔쳐왔지만, 시와 신김치의 비유는 둘 다 독자에게 강한 반응이나 감각을 불러일으켜야 함을 암시한다.

다섯째, 상징성, 즉 신김치는 좋은 시가 가져야 할 복잡성과 깊이를 상징하며, 시를 기억에 남고 감동적으로 만드는 다양한 요소를 대표하는 맛의 혼합으로 나타내고 있다.

여섯째, 각종 김치와 소주, 막걸리, 라면, 설탕에 대한 언급은 시에 여러 겹의 의미를 더하여 그 맛을 연상시킨다.

일곱째, 시도 강의나 마찬가지로 흥미를 유발할 수 있으면 금상첨화일 텐데 시와 신김치의 비유는 폭소까지는 아니더라도 약간의 미소 정도는 자아내게 하지 않을까.

어쩌다 보니 알량한 자작시를 가지고 자화자찬을 한 격이 되었으나 순전히 산문시에 대해 상세하게 알려드리고자 하는 순수한 의도였다. 다른 시인의 시를 인용하지 않고 자작시만으로 이 책을 구성하다 보니 본의 아니게 낯 뜨거운 부분이 군데군데 들어가게 되었다. 이 점, 독자의 양해를 구한다.

제3장

연결하기:
잠자는 창의성을 깨우는
가장 좋은 방법

상호성의 법칙

—

받으면 갚아야 해 마음이 편치 않네
베풀면 언젠가는 열 배로 되받나니
퍼주는 장사치고 망한 장사 없다네

준 만큼 받으려니 절반도 못 받는데
주고서 잊고 나니 열 배로 돌려받네
일찍이 깨달았으면 더욱 풍요 넘칠걸

주고서 받지 못해 분노를 삭인다면
맘과 몸 상하여서 안 줌만 못하다네
베풀고 잊어버리면 신이 갚아 준다네

대형마트 식품 판매장에 가면 시식 코너가 있다. 지나가는 사람들이 공짜이니 우선 먹기는 하지만 시식을 하고 나면 아무것도 사지 않고 이쑤시개만 쓰레기통에 던져 넣고 그냥 갈 수가 없다. 빚을 지고는 견딜 수 없는 심리가 있기 때문이다.

이와 같은 이치는 로버트 치알디니의 저서 《설득의 심리학》에서도 찾아볼 수 있는데 그는 이를 '상호성의 법칙'이라 표현한다. 다른 사람이 베푼 호의를 갚아야 한다는 강박관념에 시달리게 된다는 법칙이다. 그래서 결국 몇 개를 사게 되는데, 그 가격 속에 공짜로 시식한 식품값이 이미 포함되어 있는 셈이다.

목적을 가지고 그렇게 하는 것이 좀 야비하기는 하지만 대인관계나 사업에 성공하기 위해서는 먼저 많이 베풀어야 한다. 그래서 상대방이 나에게 빚을 지도록 만들어야 한다. 성경에도 '무엇이든지 남에게 대접을 받고자 하는 대로 너희도 남을 대접하라(마태복음 7:12)'라고 하였다. 또 '주라 그리하면 너희에게 줄 것이니 곧 후히 되어 누르고 흔들어 넘치도록 너희에게 안겨 주리라'(누가복음 6:38)라고 한다. 지금에 와서야 밝혀지기 시작한 인간 심리를 예수는 이미 2천 년 전에 알고 있었던 모양이다.

주인과 종업원의 사이가 안 좋았던 어느 식당에서는 종업원이 앙심을 품고 그 식당 망해버리기를 바라며 손님들에게 고기를 많이 퍼주었다. 그랬더니 오히려 더 손님이 많아져서 식당이 날로 번성했다고 한다. 퍼주는 장사치고 망하는 장사 없다.

주말에 학교행사 진행을 도와줄 도우미 학생 두 명이 필요한 적이 있었다. 물론 공식적으로 시급이 지급된다. 그런데 그 사실을 숨기고 수업에 들어가서 학생들에게 "내일 아침 학교에 나와 2시간만 일 좀 도와줄 수 있는 사람 있느냐"고 물어보았다. 아무도 손을 들지 않았다.

곧 이어 노동은 신성한 것이니 시급이 지급된다고 말했다. 그러자 많은 학생이 서로 하겠다고 손을 번쩍 들었다. 나는 그 반에서는 아무에게도 시키지 않겠다고 했다. 그러면서 오늘 이

일을 통해 인생의 교훈을 얻으라고 말했다. 아무런 대가도 바라지 않고 누군가에게 도움을 주거나 나누고 베풀 때 더 많은 것을 얻게 된다고. 퍼주는 장사치고 망하는 장사 없듯이 퍼주는 인생치고 망하는 인생 없다고. (글을 쓰다 보니 나도 반성하게 된다. 내가 얼마나 학생들한테 잘하지 못했으면 많지도 않은 2시간 정도 일을 도와주겠다는 학생이 아무도 없었을까?)

젊은 시절엔 철저하게 따져서 '받은 만큼만 갚고, 준 만큼 되돌려 받을' 생각을 했다. 준 것의 절반도 돌려받지 못했다. 행복에 관한 공부를 하면서 '그냥 주기만 하고 잊어버리는 삶'을 실천해 보기로 했다. 그랬더니 그동안 준 것에 비해 10배로 돌려받고 있다!

혼자 잘 먹고 잘살려고 아등바등할 때는 별로 돈이 모이지 않았다. 그런데 나누기 위해 돈을 벌려고 하니 누군가 귀신같이 그걸 알고 필요에 따라 차고 넘치게 채워주었다. 내가 좀 손해를 보더라도 누군가를 도우려고 하면 더 많은 사람이 훨씬 더 많이 나를 도와준 것이다. 이 진리를 좀 더 일찍 깨달았다면 내 인생이 얼마나 풍요로웠을까.

항복하면 행복해요

___

친구 단체 대화방에
새해 인사를 남겼다
새해엔 더욱 건강하고 행복하라고

아뿔싸
보내놓고 보니 오타가 있었다 얼른
"항복 말고 행복이요 ㅎ"
라며 다시 카톡을 보냈다

엎질러진 물이었다

한 친구는
새해엔 아내에게 항복하며
행복하게 살겠다 하고

또 한 친구는
항복 선언, 좋다며
우리 모두
행복을 위해 항복하자 한다

설날 아침
잘못 보낸 인사말 한마디가
우리 모두를
행복 앞에
항복하게 해 주었다

항복이 행복이다

친구들과 단체 대화방에서 새해 인사를 나누던 중 생긴 단순한 오타가 항복과 행복의 본질, 언어와 의도, 인식의 상호 연관성 등에 대해 생각해 보게 해주었다. 그리고 실수에 대한 당혹감이 즐거움과 시적 성찰로 이어졌다.

의사소통이 즉각적이고 비공식적인 경우가 많은 디지털 시대에 가끔 손가락이 번지수를 잘못 찾거나 눈이 침침해서 예상치 못한 참사(?)가 발생하기도 한다. 이처럼 실수는 종종 돌이킬 수 없는 결과를 가져오기도 하지만 때로는 즐거움의 원천이 될 수도 있다. 게다가 이런 시까지 한 편 쓰게 되는 행운을 가져다준다면 실수조차 감사한 일이 되기도 한다.

항복한다는 것은 어떤 의미일까? 그것은 나약함의 표시인가 아니면 해방으로 가는 길인가? 나의 단순한 실수에 대해 친구들은 항복을 패배가 아니라 더 큰 것을 추구하기 위해 통제권을 포기하는 의식적인 선택으로 간주하며 격려해 주고 있다. 항복을 새해 다짐으로 받아들이는 친구도 있고 이를 받아들임의 선언으로 보는 친구까지, 인간의 경험과 해석의 다양성을 보여준다. 항복이 불행이 아니라 행복이 된 예상치 못한 상황 속에서, 본질적으로 우리가 가지고 있는 선입견을 재평가하고 불완전함의 아름다움을 받아들이고 있는 것이다. 이처럼 열린 마음과 호기심으로 삶에 접근하면 행복에 더 가까이 다가갈 수 있다.

정유경 시인의 시 중에《지는 해》라는 시가 있다.

친구랑 싸워 진 날 저녁 / 지는 해를 보았네 / 나는 분한데 / 붉게 / 지는 해는 아름다웠네 / 지는 해는 왜 / 아름답냐? (중략)==(정유경, 〈까만 밤〉, 창비, 2013)

친구랑 싸워 진 날 저녁 지는 해를 보니 해는 아름다운데 왜 시인은 지는 해처럼 아름답지 않고 분하기만 했을까? 이기려고 싸우다가 졌기 때문일 것이다. 만약 용기를 내 져 주었다면 시인도 지는 해처럼 아름다웠을지 모른다. 지면서 분한 마음을 품으면 불행해지고, 져 주면서 지는 해처럼 아름다운 마음을 품으면 행복해진다.

단체 대화방에 인사말을 남겼다가 오타 하나 때문에 "아차!" 했는데 덕분에 오히려 모두가 즐거웠다.

지는 것이 이기는 것이며 항복이 행복이다.

선풍기의 봄

여름은 멀었는데
얼마나
바람피우고 싶을까

노오란 복면 쓰고
방구석에서
얼마나 갑갑할까

善觀物者 無物不爲助

선관물자 무물불위조

안정복(安鼎福, 1712~1791)의 《순암집(順菴集)》12권 〈상헌수필 (橡軒隨筆)〉에 나오는 말로 사물을 잘 관찰하는 자에게는 도움이 되지 않는 사물이 없다는 뜻이다. 여기서 글자 한 자만 살짝 바 꿔보자.

善觀物者 無物不爲詩

선관물자 무물불위시

사물을 잘 관찰하는 자에게는 시가 되지 않는 사물이 없다는 뜻이 될 것이다. 결국 '자세히 보면 모두 시가 된다'는 말과 같은 의미가 된다. 이 시도 어느 봄날 딸이 사는 오피스텔의 좁은 방구석에 놓여 있는 선풍기를 바라보다가 쓴 시이다.

노란 꽃이 만발한 봄이 되었는데 노란 복면을 쓰고 창고 구석에 놓여 있는 선풍기가 안쓰럽다. 아이들을 위한 동시라 하기엔 좀 거시기하고 어른들을 위한 시라고 하기에도 좀 뭐시기하다.

야동인 것은 확실하다. 야한 동시. 저명한 경제학자라 하기엔 좀 거시기하고 유명 시인이라고 하기에도 좀 뭐시기하니 시를 써도 꼭 이런 시만 쓴다.

세상은 창의적인 인재를 원한다. 창의력이란 무엇일까? 창의력은 창의성을 발휘할 수 있는 능력, 즉 남들은 생각지도 못한 것을 남보다 먼저 생각해내서 무엇인가와 연결하는 능력이다.

이 시에서 '바람'은 선풍기의 바람과 봄바람이 연결되어 해학적 요소가 되었다. '노오란'은 개나리와 연결되어 봄을 떠올리게 해준다. 그래서 제목도 '선풍기의 봄'이 되었다. 또 포로처럼 복면을 쓰고 있는 모습은 선풍기의 망과 연결되어 방구석에 놓인 선풍기의 갑갑함을 더해준다.

자세히 바라보고 있노라니 내가 선풍기가 되어 선풍기의 마음을 이해하게 되었다. 이처럼 일상의 사소한 것도 자세히 오래 바라보고 다르게 생각하고 무언가와 연결하는 연습을 하다 보면 누구나 시를 쓸 수 있다.

　선풍기를 보고 위와 같은 시를 쓴 나와 그렇지 못한 사람의 차이는 무엇일까? 대부분은 선풍기에 관심을 가져본 적이 없다. 5분 이상 바라본 적이 없다. 더워지기 전까지는 방구석이나 창고에 놓여 있는 선풍기의 존재조차 인식하지 못하고 지낼 것이다.

　내 시를 읽는 독자들이나 시 관련 강의를 듣는 분들이 이런 생각을 하기를 바란다.

　'아~ 시가 별거 아니구나. 나도 쓸 수 있겠네. 뭐든 그냥 지나치지 않아야겠구나.'

　이런 생각을 갖게 되면 그 무엇도 하찮은 것이 없다. 내가 사물이 되고 사물이 내가 되어 사물의 마음을 읽을 수 있게 된다. 사람에 대해서도 마찬가지이다. 상대의 처지가 되어 상대의 마음을 이해하게 되니 더욱 원만하고 행복한 인간관계를 유지할 수 있다. 그러면 한 차원 다른 행복한 인생을 살 수 있다.

　그럼 시를 쓰기 위해서 먼저 해야 할 것은 무엇일까? 창의성을 키워나가야 한다. 그 반대도 옳다. 즉 창의성을 키우기 위해서는 시를 많이 보고 직접 써봐야 한다. 이처럼 창의성과 시는 떼려야 뗄 수 없는 관계이다.

시를 쓰거나 창의력을 키우려면 우선 평상시 사물을 유심히 관찰하는 습관부터 들여야 한다. 안광이 지배를 철하도록(眼光 紙背徹, 눈빛이 종이의 뒷면까지 뚫어볼 정도로 정신을 집중해야 한다는 뜻. 국어학자인 고 양주동 박사가 남긴 말) 사물을 뚫어지게 바라봐야 한다. 그리고 그 사물과 다른 무엇인가를 연결하거나 사물과 대화를 나누어 본다.

그런 일을 제일 잘하는 사람이 시인이다. 우리가 시인의 감성을 배워야 하는 이유이다.

본래 모든 어린아이는 창의성이 뛰어난 존재이다. 어린아이들은 인형이나 장난감을 가지고 혼자서도 사물과 대화하며 잘 논다. 어른이 되어가면서 차츰 창의성을 잃어간다. 어른에 의해 아이의 창의성이 억압받기도 한다. 심지어 창의성이 뛰어난 아이에게 무슨 이상이라도 있는 양, 치료를 받게 하기도 한다. 창의적인 인재를 평범한 아이로 만들어 버리는 것이다. 그렇게 창의성을 억압하고선 많이 좋아졌다고 하는 경우도 있다. 성경에 이런 구절이 있다. "너희가 돌이켜 어린아이들과 같이 되지 아니하면 결단코 천국에 들어가지 못하리라."(마18:3) 창의성을 기르고 좋은 시를 쓰기 위해 우리 안에 어린아이와 같은 심성과 호기심을 품어야 한다.

마지막으로 독자들께 보너스 퀴즈 하나! 선풍기와 에어컨이 같은 방 안에서 살아가는데 에어컨은 늘 열 받아서 실외기까지 두고 열을 식혀야 한다. 왜 그럴까? 답은 저 시 안에….

단체 카톡방

———

비도 오지 않는데
마른 벙개 친다

뭘 먹을까
호불호 갈리지만
물짜장, 물갈비로 결정되었다

나갈까 말까
망설임 끝에
음식은 '불호'여도
사람들이 '호'여서
나가기로 한다

사람이 먼저다

요즘 '단톡(단체 카카오톡)', '개톡(개인 카카오톡)' 등 신조어가 많이 생겨나고 있다. '번개'도 그중 하나다. '번개'가 아니라 '벙개'라고 하길래 오타려니 했는데 네이버 사전을 찾아보니 '벙개' 뜻풀이가 나와 있다. '온라인을 통해 번개같이 만나서 헤어지는 일, 또는 그런 만남'이라고.

이 시를 쓰고 나서 신입생 몇 명에게 보여줘 봤다. 반응이 시큰둥해서 '시가 별로인 모양이구나' 생각하고 있는데 잠시 후 한 학생이 벙개가 뭐냐고 물어봤다. 그러자 다른 학생들도 합창이라도 하듯이 같은 질문을 한다. 의외였다. 신세대도 모르는 신조어를 내가 알다니. 그도 그럴 것이, 번개는 자주 못 보던 사람들이 갑자기 생각나서 한번 모여보자는 것이다. 이제 고등학교를 갓 졸업한 신입생들이니 아침부터 야간 자율학습 시간까지 온종일 친구들과 함께 지냈을 터이다. 주말에도 학원 가기 바쁜데 언제 번개 칠 기회가 있었겠는가.

언론 기사를 쓰는 데 육하원칙이 있다면 시문을 짓는 형식엔 기승전결(起承轉結)이 있다. 기(起)는 이야기의 시작으로 도입 부문에 해당하고, 승(承)은 그 뜻을 이어받아 펼치는 것이며, 전(轉)은 이야기를 한 번 굴리거나 뒤집는 것이다. 마지막 결(結)은 이야기를 끝맺으면서 전체의 결론을 내리는 격이다.

이 시를 쓰게 된 배경을 엿본다면 이 시에 담긴 기승전결을 떠올리는 데 도움이 될 것 같아 간단하게 정리해 본다.

어느 날 입사 동기 단체 카톡방에 벙개가 올라왔다. 뭘 먹을까 의견을 나누다가 좀 희한한 음식을 먹어보기로 한다. 물짜장, 물갈비 추천이 올라왔다. 그런 음식이 있느냐며 신기해한다. 먹어본 친구가 자기 취향이 아니더라고 한다. 또 한 동기가 호불호가 나뉠 것이라 한다. 그 말을 들으니 고민되었다. 그러나 고민은 잠깐, 음식은 '불호'여도 사람들이 '호'이니 무조건 나가겠다고 했다. 사람이 음식보다 먼저이므로. 한 동기가 그 표현이 멋지다며 시로 써 보라 한다. 그게 무슨 시가 되겠느냐며 그냥 넘겼다.

그러던 어느 날 고속버스를 타고 가는데 비가 내렸다. 이 생각, 저 생각 하다가 단톡방을 열어보고 그때 나누었던 대화를 시로 정리해 보았다. 시의 소재를 찾기가 힘들다고들 하지만 일상의 모든 것이 시가 될 수 있음을 다시 한번 깨닫게 된다.

이 시는 이렇게 완성된 것이므로 이 시의 저작권은 동기 모임에 있다. 원고료가 발생하면 바로바로 동기들에게 물짜장, 물갈비를 살 것이다.

청개구리 학생들

———

선생님은
수업 중에
졸지 말라
하시고

학생들은
종 친 후에야
초롱초롱
해지고

언젠가 목사님, 장로님 부부들을 대상으로 강의를 한 적이
있다. 성직자는 평신도 앞에서는 항상 밝은 표정으로 웃
으며 다니지만 실은 스트레스를 많이 받는다. 평신도들 없는 데
서 실컷 웃으며 스트레스 해소하시라고 19금 시를 비롯하여 재
미있는 시를 모아 강의를 했다. 이 시도 그때 다루었던 시 중 하
나이다. 이 시를 듣고는 목사님 한 분이 즉석에서 패러디 시를
발표하셨다.

청개구리 성도들

_____

목사님은

설교 중에

졸지 말라

하시고

성도들은

축도 후에야

초롱초롱

해지고

이 분도 등단만 안 하셨을 뿐 이미 시인이다. 그런데 설교 중에 성도들이 졸고 있으면 누구 책임일까? 한번은 설교 중에 한 성도가 졸고 있자 목사님이 그 옆 성도에게 "거기 옆에 졸고 있는 성도님 좀 깨우시오"라고 했다. 그러자 그 성도가 이렇게 얘기했다고 한다.

"아니 목사님! 목사님이 재워놓고 왜 저한테 깨우라고 하십니까?"

설교 중에 성도가 졸고 있으면 목사 책임이고 강의 중에 수강생이 졸고 있으면 강사 책임? 맞다. 그래서 나도 강의 중에 누가 졸고 있으면 스스로 반성하며 더욱 재미있고 알찬 강의가 되도록 노력해야겠다는 다짐을 하곤 한다.

이 시를 비롯해 내 시 중에 청개구리 관련 시가 몇 편 있다. 강의 때마다 이런 시를 인용했더니 모 신문사 기자가 '청개구리 시인 이경재 교수, 치유 행복 주제 인문학 특강'이라는 제목으로 기사를 보도했다. 그 후 사람들이 '청개구리 시인'이라 부르기 시작했다.

청개구리는 엄마 말 안 듣고 매사를 거꾸로만 하는 뻰질이의 대명사라서 부정적인 이미지가 강하다. 그런데도 청개구리 시인으로 불리는 것이 싫지 않았다. 좀 삐딱한 내 성향 때문에 청개구리 이미지와 부합되는 면이 있기도 하지만, 지금은 뒤집어 생각할 줄 아는 창의적 인재를 원하는 세상이 되었기 때문이다. 〈연탄 한 장〉, 〈너에게 묻는다〉 등 연탄과 관련된 유명한 시를 써서 '연탄 시인'으로 불리는 안도현 시인에 비하면 너무 과분한 호칭인 듯하다.

청개구리가 매사에 거꾸로만 한다는 것은 다음과 같이 긍정적인 측면으로 재해석될 수 있다. 먼저 청개구리는 일반적인 패턴이나 관습에 얽매이지 않고 독자적인 사고와 행동을 한다고 볼 수 있다. 청개구리 이야기는 전통적인 규범을 따르는 것이 더 이상 성공이나 생존을 보장할 수 없는 현대 세계의 변화하는 역학에 대한 은유 역할을 한다. 이제는 남들과 달라야 살아남을 수 있는 변화의 시대, 청개구리가 보여준 삶의 태도를 긍정적으로 봐야 하는 시대가 된 것이다.

우리 시대 대표적인 청개구리로 테슬라의 CEO 일론 머스크를 들 수 있다. 전통적으로 자동차 산업은 내연기관 자동차가 지배하고 있었으며, 전기 자동차의 광범위한 채택은 무리한 것처럼 보였다. 그러나 일론 머스크는 청개구리가 어미의 기대에 부응하기를 거부한 것처럼, 전통적인 가솔린 구동 자동차보다 전기 자동차 기술을 우선시함으로써 통념을 무시했다. 기존 자동차 제조사와 업계 전문가의 회의론과 저항에도 불구하고 테슬라는 지속 가능한 에너지로의 전환을 가속화하려는 사명을 계속해서 수행했다. 끊임없는 혁신, 획기적인 디자인, 우수성에 대한 헌신을 통해 테슬라는 자동차 환경을 변화시키고 자동차 산업 전반의 변화를 이끄는 촉매제 역할을 한다.

청개구리의 행동은 우리에게 새로운 시각과 유연성을 강조하는 메시지를 전달하기도 한다. 편견이나 고정관념에 사로잡혀 한 방향으로만 생각하고 행동하면, 새로운 아이디어나 가능성을 놓치기 쉽다. 청개구리의 행동은 우리에게 새로운 가능성을 보

여 주며, 다양한 방향으로 사고하고 행동하는 유연성을 배우도
록 독려한다.

옷걸이

———

무거운 옷 내게 맡기고
편히 쉬세요
쩌들린 삶의 무게도요

젖은 옷 내게 걸고
살포시 말리세요
상처 입어 축축한 마음도요

시를 좋아하게 되고 내 안의 감수성이 자라면서 마음에 코팅이 벗겨지기 시작했다. 그러자 애써 외면하려 했던 타인의 아픔, 타 생명체의 아픔, 세상의 아픔이 내 아픔으로 다가오기 시작했다. 삶이 부끄러워지기 시작했다. 이러한 사고의 전환을 세상을 살아가는 힘으로 승화시키지 못한다면 시는 무익한 것이라는 생각이 들었다.

프랑스의 인상주의 화가이자 조각가인 피에르 오귀스트 르누아르는 "그림이란 즐겁고 유쾌해야 한다. 가뜩이나 불쾌한 것 투성이인 세상에서 굳이 그림마저 아름답지 않은 것을 일부러 그릴 필요가 있을까?"라고 했다. 시 또한 마찬가지가 아닐까.

이것이 치유와 행복에 관한 시를 써서 인생 경영, 기업 경영에 접목하여 강의하고 책을 쓰는 이유이다. 시는 우리의 삶에 힘과 용기를 북돋워 주고 행복을 안겨 주어야 한다. 아픔을 노래하면서도 삶의 깊이와 넓이를 더해 주고 궁극적으로는 행복한 인생에 보탬이 되어야 한다.

이 시를 시조 버전으로 바꾸어 본다.

무거운 옷일랑 나에게 맡기세요
당신은 편안하게 쉬기만 하시고요
찌들린 삶의 무게도 모두 모두 주세요

젖어서 축축해진 옷도 거시고요
햇볕에 쬐이면서 살포시 말리세요
상처로 젖은 마음도 같이 걸고 말려요

언젠가 파업 중인 한 기관의 임직원이 함께 참여하는 오픈 마인드 세미나에 강사로 초대되어 '시와 함께하는 치유와 행복의 인문학'(행복한 직장 만들기) 강연을 진행한 적이 있다. 그 기관의 대표와 임직원, 파업에 참여한 노조원들까지 강연장 뒤쪽에서 각종 구호가 적힌 피켓을 들고 참여하였다. 강연 마지막에 〈옷걸이〉라는 시를 모두에게 선사하며 조금이나마 위로가 되는 시간이었기를 바란다는 멘트와 함께 강연을 마무리하였다. 이어 질의응답 시간에 대표가 이런 질문을 했다. 이 시에서 옷걸이는 누구냐고.

이 시에서 옷걸이는 누구일까? 정답은 없다. 한용운 시집 《님의 침묵》 군말(머리말)에 보면 이런 말이 나온다. "님만 님이 아니라 기룬 것은 다 님이다."

옷걸이도 마찬가지이다. 각자가 마음속에 모신 신이든, 어머니이든, 애인이든, 친구든 누구라도 옷걸이가 될 수 있다. 찌든 삶의 무게를 대신 져 주고, 상처 입어 축축한 마음을 받아 걸고 말려줄 옷걸이 같은 존재가 누구에게라도 하나쯤 있기를 소망한다.

파도

───

오늘하루힘들었나보다

스으흡
스으흡
푸우우우

스으흡
스으흡
푸우우우

들숨과
날숨을
몰아쉬며

입에선
쉼없이
하얀거품

나만힘든것이아니구나

일본의 하이쿠 시인 바쇼는 파도가 하얗게 거품이 되어 흩어지는 모습을 보고 '파도의 꽃'(波の花)이라 표현했다. 보는 사람에 따라 또 상황에 따라 느낌이 다를 것이다.

아주 힘들 때 바닷가에 가서 파도를 바라보니 바다도 힘이 들어 거칠게 들숨과 날숨을 쉬고 있는 것처럼 보였다. 파도가 바위에 부딪치며 부서지는 하얀 거품이 입에서 내뿜는 거품으로 보인 것이다. 저 파도가 세상 살기 힘들어하는 누군가에게 위로가 될까?

영종도로 강의하러 갔다가 일부러 바다가 보이는 모텔 방에 하루 더 머물며 끄적거려 보았다. 누군가 바다에 뛰어들어 죽고 싶을 정도로 삶이 버거울 때 이 시가 위로가 되길 바란다.

맨 위와 맨 아래의 10음절을 테두리로 '넓은 바다'를, 가운데 334 334 334 334는 쉼 없이 파도가 들락날락하는 모습을 묘사한 것이니 파도치는 해변을 떠올려 보면 좋겠다. 구태여 띄어쓰기를 하지 않은 것은 끊이지 않은 해안선, 그리고 읽으면서 힘든 느낌을 주기 위함이다.

유명 시인이 쓴 멋진 시를 볼 때마다 어떻게 그런 발상을 할까 감탄하게 된다. 그럴 때마다 "나는 전업 시인이 아니잖아. 취미로 쓴 시가 뭐 그리 대단하겠어?" 하며 스스로 위안하곤 한다. 그러다가 또 무릎을 탁 치게 하는 유명 시인의 시를 접하면 다시 기가 죽는다.

'시 쓰기를 포기할까? 경제학자로서, 금융보험 전문가로서 한 우물이나 제대로 파야 할까?' 하는 생각마저 하게 된다. 그런데도 시를 계속 쓰는 것은 순전히 독자들과 강의를 수강하시는 분들의 격려와 응원 덕분이다.

언젠가 어떤 분이 내 강의를 듣고 이런 소감을 보내주셨다.

"힘을 내라고, 힘껏 살아보라고 천사의 모습으로 선생님의 시가 가만가만 내게 속삭이는 것만 같았습니다. 고맙습니다."

어떤 분은 "파도를 바라보며 들숨 날숨 삶을 이렇게 표현할 수 있음이 놀랍습니다. 위로가 됩니다"라고 하고 또 다른 분은

"휴대전화에 저장하고 가끔 들러보겠습니다"라고 이야기해 주었다.

　이처럼 많은 분이 보내주신 소감에 힘입어, '내게는 평범한 시였는데 누군가에겐 이렇게 가슴에 와닿을 수도 있구나, 힘닿는 대로 시를 많이 써야겠구나' 생각하게 된다.

고딩

나는
조그만 교실 안에서
이른 아침부터 밤늦게까지
딱딱한 나무 의자
차가운 철제 책상과 함께 보냅니다

나의 꿈은
좁은 공간 안에 갇혀 있습니다

나의 미래는
책상 밑 서랍 안에 넣어두었습니다

나의 창의력은
가로 60 세로 40의 책상 크기만큼입니다

나의 감성은
생명 잃은 나무 의자처럼 메말랐습니다

나의 우정은
철제 책걸상 다리같이 차갑습니다

나의 가치관은
혼돈 속에 좁은 교실 안을 떠돕니다

나는
한 마리 새가 되고 싶은
대한민국 고딩입니다

이 시는 청소년 대상 특강을 할 때 학생들에게 자주 들려주는 시이다.

직업에는 귀천이 없다고들 한다. 하지만 여기에 동의할 사람은 별로 없다. 귀천이 없다면 지금처럼 구태여 좋은 직업을 가지려고 무리한 경쟁을 하며 불행하게 살지 않아도 된다. 누구나 자신이 하고 싶은 일을 하며 행복하게 살아갈 수 있다.

덴마크에서는 의사나 청소부나 연봉에 큰 차이가 없으며 서로 어울려 등산과 스포츠를 즐기고 비슷한 삶을 살아간다고 한다(오연호 저,《우리도 행복할 수 있을까》96쪽 참조). 10여 년 전 모 대학의 교수직을 사임하고 기업의 초빙 강의가 많아지면서 최고세율을 적용받은 적이 있다. 세율이 높아지자 무척 억울하다는 생각이 들었다. 그런데 덴마크 사람들은 소득의 50%를 세금으로 내면서도 행복지수 1위이다. 자신들이 낸 세금으로 이웃 시민들을 가치 있게 돕는다고 생각하기 때문이라 한다. 대학까지 무상교육, 무상의료에 실업자에게 정부가 수당을 지급하며 취업을 돕는다.

우리 사회는 아직 직업에 귀천이 있다. 덴마크처럼 직종 간 임금 격차가 크지 않다면 청소년들이 무한 경쟁 속에서 고통스러운 성장기를 보내지 않아도 되고 남보다 더 잘되는 것을 목표로 삼지 않아도 된다. 당연히 남을 짓밟고 올라서려다 불행한 결과를 초래하는 일도 없게 된다. 직업에 귀천이 없는 세상을 만드는 것이 우리 청소년도, 국민도 모두 행복해지는 길일 것이다.

다행히 최근 들어 사회적 인식이 많이 바뀌고 있는 것 같다. 한 학생이 상담하러 와서 자신은 청소부가 되는 것이 꿈이라고 한다. 그 말을 듣고 깜짝 놀랐다. 놀란 것 자체가 나 자신도 청소부에 대한 편견을 가지고 있는 셈이어서 그 순간 한 번 더 놀랐다. 그 학생은 새벽에 일찍 일어나 활동하는 것이 좋으며 오전 중에 일이 끝나니 오후 시간을 활용할 수 있는 장점이 있다고 했다. 게다가 요즘은 보수도 많이 올라 거의 중소기업 이상이라고 한다. 이 학생처럼 직업에 대한 편견을 버리고 저마다 자기가 하고 싶은 일을 찾아가는 행복한 세상이 오기를 기대해 본다.

한 평의 땅 없어도

한 평의 땅 없어도 낙심치 아니하네
눈앞에 펼쳐지는 풍광을 바라보니
온천지 꽃과 나무가 모두 내 것이라네

금과 옥 없다 한들 서럽지 아니하네
깜깜한 밤하늘에 보석들 반짝이니
무수히 많은 별도 이미 찜해 놓았네

유유히 흘러가는 구름도 내 것이고
얼굴을 스쳐 가는 바람도 내 것이니
이 세상 모두 다 가진 내가 제일 부자네

누구나 평생 몇 차례는 이사하기 마련이다. 집을 구할 때 무엇을 중시할 것인가 하는 것은 사람마다 다를 것이다. 나는 무엇보다도 전망을 우선시한다. 도심에서 좀 떨어진 외곽이라도 집 앞에 넓은 공원이 있다면 그 수만 평이 같이 딸려 오는 셈이기 때문이다.

노벨 경제학상 수상자이자 프린스턴대 교수인 앵거스 디턴, 대니얼 카너먼은 2010년 소득의 증가가 행복에 어떤 영향을 미치는가와 관련된 조사 논문을 발표했다. 이 논문에 따르면, 2008~2009년 미국인의 경우 연봉 7만 5천 불 이상에서는 행복과 소득이 별 연관이 없었다고 한다. 우리나라도 그 비슷한 연구가 있었고 대략 연봉 7천~8천만 원까지는 소득의 증가가 바로 행복에 큰 영향을 주지만 그 이상이 되면 행복에 별 영향을 주지 않는 것으로 나타났다.

이외수 선생님의 책《아불류 시불류》에 다음과 같은 문장이 나온다. 독자들과 함께 나누고 싶어 옮겨본다.

"행복해지고 싶으신가요. 계절이 변하면 입을 옷이 있고 허기가 지면 먹을 음식이 있고 잠자기 위해 돌아갈 집이 있다면, 마음 하나 잘 다스리는 일만 남았습니다."

멍

———

장난으로 던지는
돌멩이에
초록으로 멍이 드는
개구리

물수제비 만들려 던지는
조약돌에
파랗게 멍이 드는
바다

생각 없이 내뱉은
나의 말로
누군가의 가슴에
피멍이 들지는 않았을까

상처 한번 입지 않고 마냥 행복하게 살아가는 사람은 없다. 누구나 크고 작은 상처를 가슴에 안고 상대를 원망하거나 비난하며 살아간다. 그렇다면 상처를 준 사람도 있어야 할 것이다. 하지만 자신이 어떤 사람한테 상처를 줬다며 미안한 마음이나 죄책감을 느끼고 사는 사람은 거의 없다. 모두가 자기 처지에서 자기중심적 생각만 하기 때문이다. 자신이 누군가에게 상처를 준 것은 생각하지 못하고 누군가로부터 상처를 입었다고만 생각한다.

세상에 상처 입은 사람은 많은데 상처 준 사람은 다 어디로 갔을까? 가족에게, 친구에게 생각 없이 내뱉은 말 한마디로 가슴에 피멍을 들게 하지는 않았는지 나 자신을 돌아보아야 하겠다.

이 시는 내 경험에 대한 성찰에서 나왔다.

장난으로 던진 돌멩이에 상처 입은 개구리의 이미지는 아주 작은 행동이라도 심각한 결과를 초래할 수 있으며 물리적 세계와 인간의 마음 모두에 지속적인 상처를 남길 수 있음을 상기시켜 준다. 이 이미지를 만들면서 우리가 다른 사람에게 무심코 해를 입힐 수 있다는 깨달음에 수반되는 후회의 감정을 포착하려고 노력했다.

마찬가지로 조약돌을 물 위로 던져 물수제비를 만든다는 비유는 만물의 상호 연관성과 행위의 파급효과를 보여준다. 이는 우리의 선택이 아무리 사소해 보일지라도 눈에 보이지 않는 흔적을 남기며 누군가에게 혹은 무엇인가에 영향을 미칠 수 있다는 점을 비유적으로 표현한 것이다.

3연을 쓰면서는 가장 아끼는 사람들에게 경솔하게 말하며 상처를 주었던 시간을 반성하지 않을 수 없었다. 내 말의 무게와 말에 따르는 책임감에 대해 고민하면서 깊은 자기성찰이 이루어지는 순간이었다.

상대를 위해 온갖 배려와 희생을 다 했는데 정작 상대는 고마운 마음은커녕 당연한 것으로 여기는 경우도 있다. 그 사실을 알게 되면 상처 입게 된다. 더 많은 배려와 희생을 할수록 더 크게 상처 입게 되며 이 상처는 원망과 분노로 이어진다.

때론 나의 배려와 희생이 상대에게 도움이 되는 것이 아니라 상대를 더 힘들게 하기도 한다. 서로에게 상처만 주는 이런 배려와 희생은 누구를 위한 것일까?

상대방의 문제나 상황에 대해 지나치게 간섭하고 조언을 주려고 하면 상대방을 힘들게 할 수 있다. 누구나 자신의 문제를 직접 해결하고 자신의 판단에 따라 행동하고 싶은 자율성의 욕구를 갖고 있기 때문이다. 서로의 경계를 존중하고 상대방이 원하는 도움을 주는 판단력을 갖추는 것이 중요하다.

서로를 위해

―――

뿌리 손 뻗어
바위 하나를 감싸고 있는
커다란 나무 한 그루

바위야
내가 꼬옥 안아줄게
계곡으로 굴러떨어지지 않게

나무야
내가 튼튼하게 받쳐 줄게
계곡으로 넘어지지 않게

서로를 위해
나무는 자기 품을 내어 주고
바위는 온몸으로 받쳐 주고

사랑이란
서로 다른 둘이 만나
운명공동체가 되는 것

계곡으로 뻗은 나무 한 그루가 뿌리를 뻗어 바위 하나를 감싸고 있다. 어머니 태 중의 아이 같기도 하고, 캥거루가 아기를 품고 있는 모습으로도 보인다.

어느 날 갑자기 팔 벌린 나무 사이로 바위가 '퍽~' 떨어지지는 않았을 것이다. 가만히 있는 바위를 나무 한 그루가 성큼성큼 다가와서 '확~' 껴안지도 않았을 것이다. 바위 곁에 떨어진 씨앗 하나가 수십 년 동안 조금씩 조금씩 자라면서 바위를 품에 안았을 것이다. 나무가 바위를 안아주자 바위도 점점 커가는 나무를 받쳐주기 시작했을 것이다.

　나무와 바위는 상대를 살리는 것이 결국 서로 사는 길임을 알고 있었나 보다. 그것이 사랑인데, 나무와 바위도 아는 것을, 우리는 그것도 모르고 아등바등 서로를 밀쳐내며 살아가고 있는 것은 아닐까?

제4장

잘 배우기:
세상 모든 것이
스승이다

송이버섯

솔밭을 거닐다가 송이를 발견했네
자연산 송이일까 독이 든 버섯일까
먹은 후 죽은 귀신이 때깔조차 곱다네

코앞에 댔다 뗐다 수없이 반복하네
솔향은 참 좋은데 무서워 못 먹누나
개똥밭 구르더라도 이승이 더 좋다네

소나무 우거진 깊은 산속에서 송이버섯 하나를 발견. 먹어
도 될까 종일 고민하다 결국 먹지는 못하고 송이보다 더
값진 시조 하나 건졌다.

이 시조는 1연과 2연의 종장에 속담을 인용한 2연 시조이다.
1연에서는 독이 들었을지 몰라 갈등하면서도 일단 먹고 보자는
것이고, 2연에서는 먹고 잘못되어 죽는 것보다는 이승이 좋으
니 일단 살고 봐야 하니까 아깝지만 결국 안 먹는다고 말한다.

이 시조는 현실에서의 갈등과 선택에 대한 내용을 대조법을
사용하여 표현한다. 솔밭을 거닐다가 발견한 송이가 자연산 송
이인지 독이 든 버섯인지 확신할 수 없다는 상황은 선택을 해야
할 때의 불확실성과 위험성을 보여준다. 이는 현실에서 직면하

는 결정과 선택의 어려움을 상징적으로 표현한 것이기도 하다.

실제 송이버섯 하나를 두고 고민한 것이지만 또 한편으로는 중의법(重義法)을 생각하며 쓴 시조이다. 중의법은 하나의 단어로 두 가지 이상의 의미를 나타내는 표현법이다. 여기서 솔밭은 세상으로, 자연산 송이는 사과 상자 뇌물 정도로 바꾸어 생각해 보면 좋겠다. 뇌물을 받은 사람은 밤새 '받아도 되는 것일까, 돌려줘야 할까' 갈등할 것이다. 결국 유혹을 뿌리치지 못하고 돌려주지 않았다가 탈이 나고 마는 일이 많다.

참고로 누군가에게 선물을 받았을 때 이것이 뇌물인가 선물인가를 판별할 수 있는 세 가지 좋은 방법을 소개한다. 언젠가 대한상공회의소에서 발간한 자료에서 본 내용이다.

첫째, 수면 판별법이다. 선물을 받은 뒤 잠이 오면 선물, 잠이 오지 않으면 뇌물이다. 잠이 안 올 경우 다음 날 선물을 돌려줘야 한다.

둘째, 미디어 판별법이다. 언론에 보도되었을 때 문제가 될 것 같으면 뇌물이고 그렇지 않으면 선물이다.

셋째, 지위 판별법이다. 현재의 보직을 옮길 경우 이 선물은 받을 수 없을 것으로 판단되면 뇌물이다.

누군가에게 선물을 받았을 때 갈등이 되면 이 세 가지 판별법을 적용해 보고 하나라도 마음에 걸리면 바로 돌려주는 것이 좋겠다. 덜 벌고 덜 먹더라도 무리하다가 감옥 가고 하는 일은 없어야겠다. 은행 열매 잘못 밟으면 똥냄새 나듯이, 은행 돈도 잘못 받으면 구린내 난다.

넘어져도 괜찮아

두 바퀴로 달리다
왼쪽으로 기울면
오른쪽으로 핸들을 튼다
그럼 꽈당

두 바퀴로 달리다
오른쪽으로 기울면
왼쪽으로 몸을 튼다
그럼 꽈당

기우는 쪽으로
핸들을 틀고 몸을 틀어야
넘어지지 않는다

넘어지지 않으려 애쓰면
넘어진다
더 크게 상처 입는다

초등학교 6학년 때 자전거 타는 것을 배웠다. 수없이 넘어지면서. 자전거가 왼쪽으로 넘어지려 하면 핸들을 얼른 오른쪽으로 튼다. 그럼 무조건 넘어진다. 핸들뿐 아니라 몸도 마찬가지이다. 자전거가 오른쪽으로 넘어지려 하면 몸은 반사적으로 왼쪽으로 틀어진다. 그럼 무조건 넘어지게 되어 있다. 넘어지려고 하는 쪽으로 핸들을 틀고 몸을 틀어야 넘어지지 않는다.

살다 보면 실패와 좌절을 겪게 되는 경우가 많다. 그럴 때마다 넘어지지 않으려 안간힘을 쓰면 넘어지면서 더 큰 상처를 입게 된다. 넘어질 땐 넘어지자. 아플 땐 그냥 아프자.

'넘어져도 괜찮아'는 살아가면서 언제든지 마주치게 되는 실패와 좌절, 어려움을 극복하며 성장하는 과정에서 나오는 말이다. 실패와 좌절은 누구에게나 일어날 수 있는 일이다. 하지만 그것이 인생의 끝이 아니다. 모두가 성공가도만 달리는 세상은 없다. 넘어지고 일어서는 것은 삶의 핵심이자, 인생을 살아가는 방식이다.

실패와 좌절을 겪을 때 넘어지지 않으려고 애쓰는 것보다는 넘어진 후에 일어서는 것이 더 중요하다. 넘어지지 않으려고 노력하는 것은 기본적으로 방어적이며 어떤 대가를 치르더라도 실패를 피하는 데 중점을 두는 반면, 넘어진 후에 일어서는 것은 탄력성과 적응성 및 실패를 극복하려는 의지를 구현한다. 오히려 넘어지고 상처를 입는 과정에서 더 큰 성장과 강건함을 얻을 수 있다.

넘어져도 괜찮다는 마음가짐으로 넘어짐을 두려워하지 말고 실패와 상처를 받아들이면 다시 일어서는 용기와 힘을 얻는다. 그 속에서 더 큰 성장과 깨달음을 발견할 수 있다.

사업이며 인생이며 영원히 어둠이 가시지 않을 것 같은 때가 있다. 그러나 깜깜한 밤이 지나고 나면 다음 날 아침 어김없이 해가 뜬다. 비가 오고 눈이 와도 구름 속에 해는 떠오른다. 단지 보이지 않을 뿐이다.

아픔을 안고 넘어지더라도 희망을 잃지 않으면 더 크게 성장할 수 있다.

술타령

물보다 좋은 것이 술이라 말을 하네
목마름 달래려고 막걸리 한잔하니
인생의 모든 갈증이 촉촉하게 젖누나

허기를 채우려다 한잔 더 하고 나니
속 든든 기분 충천 낙원이 따로 없네
밥보다 술이 더 좋아 세상사가 취하네

모든 게 내 뜻대로 다되면 좋으련만
세상은 호락호락 내 손에 있지 않네
때로는 빼앗긴 웃음 한잔 술로 달래네

이 시를 본 지인들은 한결같이 이렇게 말한다.

"술도 못 마시면서 이런 시를 썼어요? 이 선생님과 어울리지 않아요."

"누가 보면 애주가나 술꾼인 줄 알겠어요."

왜 사람들은 술 한잔 사줘 보지도 않고 나를 술도 못 마시는 바보로 알고 있을까? 나 술 마실 줄 안다. 남들 마시는 만큼은 마신다. 술꾼까지는 아니어도 애주가인 것은 맞다. 다만 돈이 아깝고 시간이 아까워서 자주 즐기지는 않는다. 술을 많이 마시게 되면 그다음 날까지 생활 리듬이 깨지는 것도 싫다. 그래서 혼자 술 마시거나 스스로 술 모임을 만들지는 않지만 모임에서 조금씩은 마신다.

시 속의 화자와 시인을 일치시켜 생각해서는 안 된다. 누나나 동생이 없는 시인이 누나나 동생을 만들어 시를 쓰기도 하고 심지어 장가도 가지 않은 시인이 아내를 대상으로 시를 쓰기도 한다. 그러므로 혹시 내가 앞으로 도적질을 하거나 아내를 두고 바람을 피우는 시를 쓰더라도 파렴치한 인간으로 비난하지 말기를 바란다.

세상만사가 내 뜻대로 되면 좋으련만 그렇지 않을 때가 더 많다. 기도와 명상으로도 혹은 누군가의 따스한 위로로도 마음을 잡지 못할 때 술 한잔이 해결사가 되는 때도 있다.

실타래를 풀려면 실마리를 찾아야 한다. 찾을 수 없는데 여기저기 잡아당기기만 하면 더 얽히고 만다. 그럴 때는 한 군데를 자르면 두 개의 실마리를 갖게 된다. 실마리를 못 찾으면 이렇게 만들어 가면 된다. 일이 풀리지 않아 돌파구를 찾을 수 없을 때도 마찬가지이다. 해결되지도 않을 한 가지 생각에만 집중하지 말고 한 발짝 물러나서 다른 각도에서 생각해 보면 여러 개의 돌파구를 찾을 수 있다.

뭐를 해도 실마리가 풀리지 않아 앞이 깜깜할 때 막걸리 한잔하며 잃어버린 웃음을 찾아보자. 잠깐 쉬어 가다 보면 새로운 문이 열리고 희망이 보이기도 한다.

새해 달력

———

남은 한 달을 붙들며
1월이 아닌 12월에
달력을 바꿔 건다

새해 달력 안
전년도 12월 달력
마지막 기회로 주어진
고마운 연말 보너스다

달력에는 보통 1월 달력이 시작되기 전 맨 앞에 전년도 12월 달력이 들어있다. 그래서 보통은 1월이 아닌 전년도 12월에 달력을 바꿔 건다. 남은 한 달을 붙들며….

달력을 바꿔 걸다가 문득 그런 생각을 해보았다.

새해 달력에 들어 있는 전년도 12월 달력은 고마운 연말 보너스가 아닐까? 한 해 동안 못다 한 일들 잘 마무리하고 행복한 새해를 맞으라는….

이렇게 생각하면, 한 해가 다 가버린다고 아쉬워하며 조급한 마음으로 12월을 보내지 않아도 되고 오히려 남들보다 한 달을 더 사는 기분으로 즐겁게 한 해를 마무리할 수 있다. 12개월을 13개월처럼 행복하게 사는 것, 그것도 우리의 생각에 달려 있다.

10월 32일

—

쉬이 가버리는 가을을
아쉬워하는 나처럼
그도 시월을 붙들고 싶은 것일까

11월을 여는 첫날
공원 안 화장실 전광판은
오늘도 10월이다

오늘처럼
화장실이 향기롭게 느껴진 적은 없었다

살다 보면 하루가 참 아쉬울 때가 많다. 시험공부를 더 해야 하는데 시험일이 닥친 경우도 그렇다. 물론 하루라도 빨리 시험을 끝내고 놀고 싶은 학생은 그 반대로 생각할 수도 있다.

4년에 한 번씩 윤달이 들어 2월이 29일까지 있는 경우에도 그 하루가 무척 고맙다. 공짜로 하루를 선물 받은 것처럼. 물론 매달 급여를 받는 급여소득자 처지에서는 그다지 달갑지 않을 수도 있겠다.

어느 날 공원을 산책하다 화장실 건물 전광판에 10월 32일로 적혀 있는 모습을 발견했다. 담당자가 월이 바뀐 것을 미처 생각하지 못하고 매일 하던 습관대로 날짜만 하루 더 올렸나 보다. 아니면 하루하루 자동으로 날짜가 보태지는데 월이 바뀌는 것까지는 인지를 못 하는 전자 달력일 수도 있겠다.

아무튼 생전 처음 보는 이 낯선 날짜가 무척 반갑게 느껴졌다. 10월을 보내고 싶지 않은 마음이 서로 통했나 보다. 반가운 나머지 화장실 냄새까지도 향기롭게 느껴졌나 보다.

화암사에 갔었지요

———

지난봄에도 갔었지요
복수초, 얼레지, 현호색 등
신기한 들꽃이 만발했었지요

여느 절처럼
무슨 무슨 문이 있는 것도 아니고
무시무시한 사천왕상이
위압감을 주지도 않아요

하늘엔 이런 게 인생이라 보여 주듯
구름 한 조각 일었다 스러지고

계단 올라 절 안에 들어서면
마당을 빙 둘러 극락전, 불명암, 우화루, 적묵당이 있지요
달동네 골목길 계단 올라
하숙집 대문 안으로 들어선 듯

마당 가운데 수도꼭지와 고무 물통 하나만 있으면
영락없는 하숙집이지요

요사채인 적묵당 마루 끝에는
끼니를 기다리는 하숙생처럼
등산객 몇몇 앉아있고

국보 제316호
우리나라 유일의 하앙식 구조로 지어졌다는 극락전에선
부처님같이 후덕한 하숙집 아줌마가
금방이라도 문 열고 나와
밥 차렸으니 어여 밥 먹으라 할 것 같지요

말랐던 계곡은 장마철 연일 내린 비에
여기저기 폭포를 만들어 장관을 이루고 있으니
하숙집 고봉밥에 특식으로 달걀부침까지 얻어먹은 듯

배부른 하숙생마냥 포만감 안고 하산하여
밥값 하러 가지요
밥값이라도 하려고 시를 쓰지요

화암사에 다녀왔다고 하면 대부분 구례 화엄사를 잘못 말한 것으로 안다. 거기 말고 전북 완주군 경천면 가천리에 화암사라는 절이 있다. 안도현의 시 〈화암사 내 사랑〉으로 그나마 좀 알려졌다. 봄에는 여러 가지 들꽃을 보러 출사 전문가가 많이 찾는 곳이기도 하다.

아닌 게 아니라 봄에 가보니 복수초, 얼레지, 현호색 등 처음 보는 신기한 들꽃이 만발했다. 다시 한번 가보리라 맘먹었다가 여름 장마철 주말에 가보았다. 봄에 말랐던 계곡물이 불어나 여러 군데 폭포가 생겨났다. 절까지 얼마 되지 않는 산길을 올라가며 여러 개의 폭포를 볼 수 있는 행운까지 안았다.

화암사에는 문이 없다. 여느 절에나 있게 마련인 일주문, 사천왕문 또는 고개를 숙여야만 들어갈 수 있는 그런 문이 없다. 좁은 길 양쪽으로 빽빽이 들어선 나무가 천연의 문일 뿐이다. 나무숲으로 이루어진 문이자 복도를 마음을 경건하게 다잡으며 통과하면 절 앞에 도달하게 된다.

주차장에서 절까지 가는 동안 상점이나 식당은커녕 노점 하나 없다. 주차장에 화장실 하나 있을 뿐이다. 참고로 절에 있는 화장실은 완전 재래식이다. 재래식 해우소 체험을 하기엔 냄새가 너무 독하다. 주차장에서 먼저 볼일을 보고 출발하는 것이 좋겠다.

처음 화암사에 갈 때 곧 나올 것 같은 절이 나오지 않아 하산하는 사람에게 절까지 얼마나 더 가야 하느냐고 물어보았다. 바로 저기만 돌아가면 절이란다. 그만큼 절은 문 앞에 이를 때까지 자기 모습을 보여 주지 않는다.

절 앞에 이르러 계단을 올라가 안으로 들어서면 바로 마당이 나온다. 마당을 빙 둘러 극락전, 불명암, 우화루, 적묵당 이렇게 건물 네 채가 자리하고 있다. 마치 마당을 빙 둘러 방이 있는 예전 한옥 하숙집이나 여러 세대가 함께 사는 서민 한옥을 연상케 한다.

화암사에는 국보 제316호 극락전이 있다. 우리나라 유일의 하앙식 구조로 지어진 사찰이라 한다. 하앙식 구조란 바깥에서 처

마 무게를 받치는 부재를 하나 더 설치하는 지렛대의 원리로 일반 건축물보다 처마를 훨씬 길게 내밀 수 있게 한 구조를 말한다.

고려 후기에 중창된 극락전은 정유재란 때 불탔으며 전쟁이 끝난 직후인 1605년에 중건했으니 지금의 극락전은 400여 년이 된 셈이다. 이 긴 세월 동안 안도현 시인이 표현한 것처럼 '잘 늙어오고 있고' 앞으로도 계속 그럴 것이다. 수명이 연장된다고 한들 기껏 100년이나 살 우리의 인생을 돌아본다. 잘 늙어가야 하겠다.

이 글을 쓰면서 좀 걱정되는 점이 있다. 이 글을 보고 사람들이 많이 찾아갈 텐데 책이 한 100만 부쯤 팔려서 너무 많은 사람이 찾아가면 어쩌나. 바로 관광지로 개발이 되고, 도로가 생기고, 상점이나 식당이 들어설 텐데. 절에서도 주변 산을 깎아 자꾸 새 건물을 지으려 할 텐데. 그러면 화암사만의 멋을 잃고 말 텐데. 책은 많이 팔리더라도 절은 제 모습을 잃지 않고 잘 늙어갔으면 좋겠다.

구슬

—

울아빠 이마에선 땀구슬 주룩주룩
울엄마 장신구엔 옥구슬 주렁주렁
염소들 똥구멍에선 흑구슬이 뽀옹뽕

이 시는 동시조이다. 내용상으로는 해설이 필요치 않으니 여기서는 정형시조의 형식을 잠깐 알아보자.

정형시조에서 가장 중요한 것은 '3434/3434/3543' 총 43자로 이루어진 운율이다. 그에 못지않게 중요한 것이 초장, 중장, 종장의 끝 음보는 되도록 서술어로 끝나야 한다는 점이다. 특히 종장의 끝 음보는 반드시 서술어로 끝나야 한다.

신호등이 빨간 불로 바뀌어 차가 멈출 때 초보는 정지선까지 다 가서 급브레이크를 잡는다. 운전자 본인도, 차 안 승객도 모두 몸이 앞으로 쏠리게 되고 심할 때는 머리를 찧기도 한다. 노련한 운전자는 신호등이 바뀌면 멀리서 기어를 중립으로 바꾸고 속력을 줄인 후 서서히 브레이크를 밟아 미끄러지듯이 자연스럽게 멈춘다.

시조에서 초, 중, 종장의 마지막을 명사로 툭 끝내는 것은 마치 신호등 앞 정지선에서 급브레이크를 잡는 것과 같다. 되도록 서술어로 부드럽게 끝내줘야 한다.

서술어란 한 문장에서 주어의 움직임, 상태, 성질 따위를 서술하는 말이다. "철수가 웃는다"에서 '웃는다', "철수는 점잖다"에서 '점잖다', "철수는 학생이다"에서 '학생이다'와 같이 주로 동사, 형용사, 서술격 조사의 종결형으로 나타난다(네이버 국어사전).

초장과 중장은 길을 가다가 신호대기에 멈추는 것이지만 종장은 운행을 끝내고 주차장에 주차하는 것에 비유할 수 있다. 불가피한 경우 초장과 중장은 명사나 부사로 끝낼 수도 있지만, 종장은 반드시 서술어로 끝내야 한다. 다만 시적 효과를 살리기 위해 특별한 경우에는 예외가 허용될 수도 있다.

이처럼 각 장의 마지막 음보는 서술어로 끝내는 것이 원칙이지만 시조의 의미가 전달되면 작가의 작위에 따라서 규칙이 파괴될 수도 있다. 이 시조가 그렇다.

'주룩주룩' 하고 툭 끝나는 느낌이 아니라 흘러내리는 느낌을 안겨주고 '주렁주렁' 하고 툭 끝나는 느낌이 아니라 줄줄이 매달려 흔들리거나 때론 서로 부딪히는 듯한 느낌을 준다. 마지막 종장에서도 '뾰옹뽕' 하고 툭 끝나는 것이 아니라 염소 똥구멍에서 작은 흑구슬 같은 염소똥이 연이어 나오고 있는 모습이 상상된다.

이렇게 했을 때 의미전달이 잘 안 되면 잘못된 것일 수도 있으나 이 동시조처럼 초장, 중장, 종장을 모두 의태어로 끝내 부드럽지 못한 듯하지만 오히려 생동감을 줄 수도 있다.

내숭

___

한 번은 좋았지만 두 번은 아니구나
내숭을 떨더라도 눈치껏 했어야지
사랑을 기타 줄인 양 튕기다가 쫑났네

설레는 이 마음을 깊숙이 가둬놓고
아닌 척 괜찮은 척 자신을 속였다네
사랑은 멀어져가고 후회만이 남았네

길고 긴 밤이라고 동짓달이라더냐
그리운 님 생각에 잠 못 든 밤이려니
하루가 삼 년 같아라 여름밤도 길구나

3연시조인데 누구나 한번 보면 이해할 수 있는 시라 딱히 설명할 게 없다. 이 시와 직접적인 연관은 없지만 우리가 시를 가까이해야 하는 이유에 대해 다시 한번 강조하고자 한다.

노벨상을 받은 과학자와 그렇지 못한 과학자는 어떤 차이가 있을까? 미시간대 연구팀 연구 결과를 보면 우리의 예상과는 달리, 노벨상을 받은 과학자(1901년~2005년)들도 학교 성적이 평범했고, 지능지수도 일반 대졸자 평균 수준으로 별 차이가 없었다고 한다. 특이한 것은, 노벨상 수상자는 다른 과학자들에 비해 예술 활동이나 취미 활동이 월등히 많았는데 음악 관련 활동 비율은 2배, 미술 관련 활동은 7배, 각종 공예를 하는 사람은 7.5배, 소설이나 시를 쓰는 경우는 무려 12배나 되는 것으로 나타났다.

　시카고대학은 설립 초기에는 이름 없는 사립대학에 불과했다. 1929년 제5대 총장 로버트 허친스 총장 취임 후 '시카고 플랜'을 추진했는데, 이것은 고전 100권을 읽지 않은 학생은 졸업을 시키지 않는 제도이다. 그 결과 지금까지 100명 가까운 노벨상 수상자를 배출했다.

　요즘 대학생들의 최대 관심사는 취업이다. 대학생뿐 아니라 고등학생이 대학이나 학과를 선택할 때도 취업이 잘 되는지에 가장 관심을 많이 둔다.

　그런데 최근 채용시장이나 채용방식이 크게 변화되고 있다. 과거에는 '서류 전형-필기시험-면접-신체검사-채용' 이런 과정을 통해 채용이 이루어졌으나 최근에는 '서류 전형-인적성 검사-합숙 면접 또는 인턴-최종면접-신체검사-채용'처럼 변화가 감지된다. 과거에 중요시했던 필기시험, 스펙, 학력, 학벌 등이 큰 영향을 미치지 아니하며 합숙 면접 또는 인턴 과정 등을 통해 다양한 방법으로 인성, 창의성 등을 종합 평가하는 식이다. 기업에서도 학력이나 스펙이 중요한 것이 아니라, 창의적인 인재 한 명이 회사를 먹여 살리기도 한다는 것을 깨닫게 된 것이다. 요약하자면 세상은 '인성이 좋은 창의적인 인재'를 원한다. 반복되는 말이지만 창의력을 키우는 데 시만큼 좋은 것이 없다.

가고 오고

———

앞으론 달이 지고 뒤에선 해가 뜨네
갈 사람 가는 거고 올 사람 오는 거지
싫다고 떠나는 님은 붙들어서 뭐 하랴

정확하게 어느 시기에 일어나는 현상인지는 잘 모르지만, 앞으로는 달이 지고 뒤에선 해가 떠올라 달과 해가 한 하늘에 떠 있는 때가 있다. 그 반대도 보았던 것으로 기억한다.

이렇게 해가 지면 달이 뜨고, 달이 지면 해가 뜨듯이 사람도 인연 따라 갈 사람은 가고 올 사람은 오는 것인지 모른다.

누군가가 내 곁을 떠나갔을 때 당장은 죽고 싶을 정도로 마음이 아플지라도 세월이 지나고 나면 해가 지고 달이 떠오르듯 자연의 이치로 받아들여질지도 모른다.

이 시는 변화와 인연에 관한 의미를 담고 있다. 우리 인생은 끊임없는 변화의 연속이다. 달이 지고 해가 뜨는 것처럼, 과거의 일은 지나가고 새로운 일이 찾아온다. 이러한 변화의 흐름을

이 시에 담아내고자 했다. 우리가 떠난 곳으로 가는 사람이 있고, 다시 돌아오는 사람도 있다. 때로는 떠나고 싶지 않은 곳에서 붙들려 더 이상 나아갈 수 없는 순간도 있다.

이 시는 떠나고 싶지 않은 상황에서 어떻게 대처해야 하는지에 대한 답을 생각해보게 한다. "싫다고 떠나는 님은 붙들어서 뭐 하랴"라는 구절은 변화를 거부하지 않고 받아들여야 한다는 의미로도 해석할 수 있겠다. 때로는 원하지 않는 상황에도 진정한 의미와 가치가 숨어 있을 수 있다. 그 상황에서 우리는 새로운 경험을 하거나 성장의 기회를 찾을 수도 있을 것이다.

대학 시절, 어떤 자격시험에 도전했다가 1차 시험에는 합격했으나 2차 시험에서 낙방한 적이 있다. 나중에 점수를 확인해보니 전 과목 평균이 59.67이었다. 평균 60점이면 합격인데 0.33이 부족했던 것이다. 당시에는 너무 억울해서 분을 삭일 수가 없었는데(나중에 알고 보니 59.67과 60점 사이에 한 명이 더 있었음), 이를 악물고 1년을 더 공부하면서 관련 과목의 법조문이나 교재, 학습자료를 닥치는 대로 외워버렸다. 그 결과 다음 해에 합격했음은 물론 그게 자양분이 되어 대학을 졸업하고 회사에 갓 입사한 신입사원 시절부터 주말이면 종로에 있는 모 고시학원에 강의를 나가게 되었다. 그러다가 공부를 더 해서 교수가 되었다. 아마도 당시에 60.33 정도로 합격했다면 내 인생은 크게 달라졌을 것이다.

시험에서 59.67로 낙방한 것은 순응해야 할 하나의 사실일 뿐인데 당시에는 억울하고 분하다고 생각했다. 지금 돌이켜 보면 오히려 그로 인해 새로운 경험을 하며 크게 성장하는 계기가 되었다.

한편, 이 시는 좀 근사하게 '변화의 미학'이라 해도 좋겠다. 달이 지고 해가 뜨는 것처럼, 우리도 인생의 여정에서 어둠과 밝음을 번갈아 가며 경험하게 된다. 그 속에서 변화의 아름다움을 발견할 수 있다. 우리는 떠나고 오는 사람의 이야기를 듣고, 그들의 경험을 통해 세상을 더욱 깊이 이해할 수 있다.

꽃잎이 눈 내리듯

꽃잎이 눈 내리듯 바람에 휘날리네
꽃 같은 그대 모습 아련히 그리웁네
꽃잎에 마음을 실어 님에게로 보내네

앞서 다루었듯이 정형시조는 43자의 짧은 구조에 표현하고자 하는 것을 축약해서 넣어야 하기에 좋은 시조가 되려면 단어의 중복을 피하는 것이 좋다. 그런데 이 시조에는 '꽃'이 초,중,종장에 두 번도 아니고 세 번이나 반복된다. 그럼 좋은 시조가 아닐까?

초,중,종장의 머리를 꽃으로 장식하기 위해 일부러 그렇게 한 것이다. 시에서 이런 기교를 '고의적 반복'이라 한다. 대표적인 예로 "나 하늘로 돌아가리라"가 반복되는 천상병 시인의 〈귀천〉이라는 시를 들 수 있다.

이미 살펴본 바와 같이 우리 시조는 초,중,종장의 43자로 이루어진 매우 아름다운 구조의 정형시이다. 초장에서 냇물이 흐르듯 흐르고(3434) 중장에서 다시 강물이 흐르듯 흐르고(3434) 종장에서는 폭포수가 되어 떨어지기도 한다(3543). 그럼에도 불구하고 일제 강점기를 거치면서 정형시조의 틀이 깨지고 그 명맥이 끊길 위기에 놓였다. 그래서 뜻있는 시조시인들이 힘을 모아 정형시조 복원과 함께 유엔 무형문화유산으로 등재하기 위한 노력을 기울이고 있다. 이를 위해 시조를 영문으로 번역하는 작업도 병행하고 있다.

이 시조는 시조의 세계화를 위한 일환으로 한국문단에서 발간한《한국의 정형시 시조》제1집(2016.1.1. 발간)에 게재되었으며 다음과 같이 영문으로도 번역되었다.

Flower petals

Flower petals were blow in the wind
I have a faint memory of pretty lover
Bring my heart with flower petals to you

한국문단의 박인과 대표께서 해설을 써 주셨는데 그중 일부를 소개한다.

〈꽃잎이 눈 내리듯〉은 온통 꽃에 꽂혀있다. 그만큼 꽃이라는 것은 그에게 삶의 에너지를 제공하는 것이다. 꽃과 님이라는 두 가지 기제가 서로 그의 사랑과 관계되어 있으므로 님이 꽃으로 되거나 꽃이 님이 되거나 관계가 없다. 이미 그가 "꽃 같은 내 사랑"이라고 했기 때문이다. 그 것은 꽃이 내리면 '내 사랑'이 오는 것이라는 것을 확인해 준다.

이 시조에서 문학치료의 기전을 압축시킨 절창은 "꽃잎이 눈 내리듯 바람에 휘날리나"이다. 즉 이 시조의 심상은 꽃잎이 하얗게 바람에 휘날리는 것으로써 하얀 그리움의 기전을 돌출시키고 있다.

일상의 초장: 꽃잎의 서사가 콕콕 박힌 자아의 계곡

일상의 중장: 미려한 기쁨의 행간으로 흐르는 치유의 강물

일상의 종장: 맑디맑은 사랑의 율격으로 넘실대는 무의식의 바다

'이경재의 해마에서 부호화되는 문학치료 기전'을 보면 계속 반복되는 일상의 활동 전위가 꽃잎과 기쁨에 의한 배경을 치유의 전경으로 만들기 위해 새로운 게슈탈트로 부호화되고, 이는 또다시 공동체적 꽃잎과 기쁨 등으로 공유되어 일상적인 사랑의, 율격의, 새로운 공동체적 게슈탈트로의 끊임없는 재부호화를 이루어가고 있는 것으로 파악된다.

제5장

시와 함께:
치유와 행복의
인문학

새벽 열차

―

창밖을 보려 해도 차 안만 보인다네
세상을 보고픈데 자신을 보라 하네
내 안을 거울삼아야 세상사도 보이네

위내시경, 장내시경을 통해 몸 안을 들여다보듯이 마음속도 들여다보아야 한다. 톨스토이는 "모든 사람이 세상을 바꾸겠다고 생각하지만 누구도 자기 자신을 바꿀 생각은 하지 않는다"라고 말하였다. 인문학은 나 자신을 들여다보고, 상대가 아닌 자신을 바꾸는 데 도움이 된다.

인문학(人文學)은 인문학(人間學)이라고도 한다. 사람에게 질문을 던지는 학문, 사람에 관해 묻는 학문이다. 나는 누구인가? 나는 왜 사는가? 나는 행복한가? 이런 질문을 품고 내 안을 들여다보는 것, 즉 자기성찰이 인문학의 시작이자 인문학을 공부하는 목적이다.

사람을 크게 두 부류로 나누라 한다면 남자와 여자로 나눌 수 있다. 크게 세 부류로 나누라 한다면? 좋은 놈, 나쁜 놈, 이상한 놈(김지운 감독의 영화 제목임).

사람은 나와 남 이렇게 둘로 나누어 볼 수도 있다. 나는 다시 겉사람과 속사람으로 나누어 볼 수 있는데 인문학을 공부하면 겉모습뿐 아니라 내 안을 들여다보게 된다.

남 역시 편의상 타인과 타 생명체로 나누어 보자. 인문학을 공부하면 나뿐만 아니라 타인이 보이고 타 생명체가 보이기 시작한다. 그럼 타인이나 타 생명체의 아픔이 내 아픔으로 다가온다.

이 순간에도 지구상 많은 아이가 굶어 죽는다. 이제 그들의 아픔이 나의 아픔이 되니 내가 먹을 수 있음에 감사하게 되고 음식을 남겨서 버리는 일도 없어진다(아프리카 아이들은 잔반이라는 말을 모른다고 한다. 음식을 버려본 적이 없으므로).

다른 지역으로 강의하러 갈 때 밤이나 새벽에 이동해야 하는 경우가 많다. 그럴 때면 버스나 기차를 주로 이용한다. 새벽 열차를 타고 가면서 차창으로 밖을 보려 하면 바깥세상은 보이지 않고 기차 안이 보인다. 불이 켜진 열차 안은 환하고 밖은 어두워서 차창이 거울이 되어 기차 안의 모습이 비치는 것이다. 차창에 더 가까이 다가가도 내 얼굴만 보일 뿐이다.

눈은 바깥을 향하고 있는데 왜 내 모습을 보게 될까.

밖을 보기 위해서는 안을 먼저 보라는 것일까.

세상을 보기 위해서는 나를 먼저 보라는 것일까.

스스로 자신을 돌아보지 않으면 결국 타의에 의해 돌아볼 수밖에 없게 된다. 무리하다가 몸살이 나거나 쓰러져 누워 천장을 바라보면서.

천장 대신 차창을 바라보며 자신을 돌아볼 수 있어 다행이다. 그것도 자의가 아닌 타의에 의해서이지만 그렇게라도 나를 성찰하게 된다. 내 안의 나를 들여다보고, 나의 과거를 돌아보고, 나의 미래를 바라본다.

한참을 달리다 보면 동이 트기 시작하고 차츰 바깥 풍경도 보인다. 내 안의 깊이를 다 지난 후에야 비로소 세상을 볼 수 있게 된다. 그러면 다시 세상 속의 나를 보게 된다. 가족, 친지, 친구, 선후배와 동료, 이웃들과의 관계를 돌아본다. 지구별에 태어나 한 시대를 같이 살아가는 사람들을 보게 된다.

새벽을 달릴 때 나를 본다.

내 안의 깊이를 들여다본다.

그때서야 비로소 이전에 보지 못했던 것들을 보게 된다.

밀당

———

문 앞에서
문 열리길 기다리는
나

문 안에서
초인종 울리길 기다리는
너

이 시를 쓴 후 제목을 가리고 지인들과 함께 제목 짓기 게임을 해 보았더니 기발한 답이 많이 나왔다.

택배, 사랑, 사랑의 문, 갈등, 화해, 사랑싸움 후, 갈증, 배달의 민족, 엘리베이터, 강아지, 밀당(밀고 당기기) 등등. 그중 가장 많이 나온 답은 '택배'이다.

이 모두가 답이 될 수 있다. 시인은 어떤 생각을 가지고 썼지만, 독자는 얼마든지 다르게 받아들일 수 있다.

이 시는 남녀가 다투고 난 후 화해를 바라면서도 서로 상대가 먼저 다가와 주기를 바라는 마음을 표현했다(참고로 이 시는 필자가 부부싸움 후 집에서 쫓겨나 대문 밖에서 쓴 시는 절대 아니니 오해하지 마시길). 문 앞에서 초인종을 누르면 되는데 갈등하며 먼저 문을 열어주기를 바라는 마음, 문 안에서는 들어오라고 하면 되는데 먼저 초인종을 눌러주기를 기다리는 마음.

이런 상황에서 내가 먼저 양보한다면 나는 참 좋은 사람이다. 상대가 먼저 양보한다면 참 좋은 사람과 살고 있는 셈이다. 이때 앞으로는 용기를 내서 먼저 양보하리라 다짐한다면 나 역시 좋은 사람이 되어가는 것이다. 서로가 이런 노력을 한다면 좋은 부부, 좋은 연인 관계를 유지할 수 있다.

그게 말처럼 쉬운 일은 아니다. 그래서 마음 수양이 필요하고, 좋은 시를 보면서 먼저 다가서는 넉넉하고 여유로운 마음을 키워나가야 한다.

고영민 시인의 〈산등성이〉라는 시가 있다. 팔순의 부모님이 부부싸움 후 밀고 당기는 내용이다.

한밤중에 부부싸움을 하고 아버지가 집을 나간다. 아들이 말리다가 뒤쫓아가는데 산등성이에 이르자 아버지가 집 쪽을 향해 소리를 친다. 못된 할망구가 서방이 집을 나가는데 잡는 시늉도 안 한다고. 씩씩거리며 아버지는 집으로 천 리 길을 내닫는다. 집에 이르자 어머니가 켜놓은 대문 앞 전등불이 환하다. 딸이 묻는다. 왜 엄마는 대문 앞까지 전등불을 켜놓느냐고. 어머니가 답한다. 남정네가 대문을 나가면 그 순간부터 기다려야 하는 거라고.

부부가 밀당을 하더라도 어떠해야 하는가를 보여주는 따뜻한 시이다.

생일

___

하나님이
진흙을 빚어 아담을 만들고
그의 갈비뼈를 빼 하와를 만들었지

그런데 둘 다 맘에 안 든 거야
그래서 부모님을 보내주셨고
널 낳게 하신 거지

비로소
하나님 보시기에
심~히 좋았더란다

내 시 중에는 여기저기서 훔쳐서 쓴 시가 꽤 있다. 남의 대화를 엿듣고 메모해 두었다가 완성한 시가 몇 편 된다. 도둑질해서 쓴 시이다. 이 시는 통도 크게 감히 성경을 훔쳐서 썼다. 십계명 중 '도적질하지 말라'는 제8계명을 어기면서….

　창세기 1장부터 3장까지 나오는 천지창조 이야기를 토대로 했다. 하나님이 마지막 날 아담과 하와를 지으시고 에덴동산에서 행복하게 살되 선악과만은 따 먹지 말라 하셨다.

　뱀의 꼬임에 넘어간 하와가 선악과를 따 먹고 아담에게 건네주니 아담도 덜렁 받아 먹어버린다. 당연히 하나님 맘에 안 드셨을 것이다. 그래 결국 부모님을 보내주기에 이르렀고, 기어이 '오늘의 너'를 낳게 하셨다. 그러니 '너'는 얼마나 소중한 존재인가. 하나님 보시기에 심~히 좋을 수밖에 없는 완전체 걸작이다.

좋은 글을 쓰려면 가능한 한 접속사 사용을 줄여야 한다고 한다. 특히 시에서는 더 그렇다. 이 시에는 접속사가 '그런데', '그래서' 이렇게 두 개나 들어가 있다. 한번 빼 보았다. 도무지 말이 이어지지 않는다. 때론 접속사가 다음 문장의 방향을 보여주는 네비게이션 같은 것이어서 꼭 필요할 때도 있다.

이 시를 접한 이들이 아래와 같은 소감을 남겨주었다.

"내가 그렇게 소중한 존재인 줄 몰랐다."

"생일은 내가 축하받는 날로만 알았는데 먼저 부모님께 감사드려야 할 날임을 깨닫게 되었다."

"내 출생의 비밀을 이제야 알게 되었다."

"곧 둘째 출산 예정인데, 마음이 뭉클해지는 기분이다. 누군가에게는 생일일 터이고, 누군가에게는 새로 생명을 낳은 날일 테니까."

이 시를 보는 모든 이가 자신을 이 시 속의 '너'로 생각하고 '나'는 하나님 보시기에 소중한 존재이니 자존감을 잃지 말고 부모님께 감사하며 행복하게 살았으면 좋겠다.

앞으로 1년 안에 돌아올 모든 독자의 생일을 미리 축하하며 이 시를 선사한다.

"해피 버스데이 투 유~"

내가 새우구나

___

아내와 딸이
의견 대립으로
서로 다툰다

아내가
아빠한테 물어보자 한다

딸이
괜히 고래 싸움에
새우 등 터진다며
말린다

'말짱 도루묵'이란 말이 있다. 도루묵을 두부 비슷한 묵으로 잘못 생각하는 이가 많은데, 묵이 아니라 바다 생선의 일종이다. 별로 맛이 없어서 예부터 생선 취급을 못 받았다고 한다. 어부가 힘들게 그물을 끌어 올렸는데 도루묵만 잔뜩 들어 있다면 다 버려야 하니 헛수고한 셈이 되어버린다. 여기에서 애써 한 일이 완전히 쓸모없게 되어버렸다는 의미로 '말짱 도루묵'이라는 말이 생겨났다.

언젠가 SNS에서 이런 사진을 본 적이 있다. 수산시장에서 생선을 파는데 스티로폼 상자 위에 '남자 도루묵 100마리 만 원, 여자 도루묵 25마리 만 원'이라고 쓰여 있다. 한 마리로 치면 남자 도루묵은 100원이고 여자 도루묵은 400원인 셈이니 남자는 여자의 4분의 1 값밖에 나가지 않는다.

도루묵뿐만 아니라 가정에서 남자의 지위도 갈수록 졸아들고 있는 듯하다. 어느 날 아내와 딸이 의견 충돌로 서로 다투는 것을 엿듣다가 위와 같은 시를 쓰게 되었다.

아빠의 의견을 들어보자는 엄마의 말에 아빠의 가슴이 철렁했는데 딸이 말려주는 바람에 아빠는 안도의 한숨을 쉰다. 엄마 편을 들자니 딸이 울 것 같고, 딸 편을 들자니 그러잖아도 맨날 '남편, 남편, 남의 편' 하며 서운해하는데 후환이 두렵고…. 아빠의 이런 마음을 딸은 이미 알고 있었다.

그런데 뭔가 좀 이상하다. 내가 한 집안의 가장이요, 기둥이요, 권위의 상징으로 알고 있었는데 그게 아니었다. 실은 고래들 사이에서 등 터질까 조마조마 가슴 조이며 살아가는 한낱 새우일 뿐임을 깨달았다. 그래서 이 시의 제목이 '내가 새우구나'가 되었다.

과거 아버지들은 근엄하게 신문이나 보다가 "여보 물 좀~" 하면 어머니가 얼른 쟁반까지 받쳐서 아버지 앞에 물컵을 대령했다. 지금의 아빠들이 그랬다간 물벼락을 맞을지도 모른다.

딸한테도 마찬가지이다. 함부로 이래라저래라 하거나 옛날 아빠가 어렸을 적엔 어땠었다는 말 따위를 했다가는 꼰대 소리만 듣는다. '나 때는~ ' 하는 말이 입에서 나오려 하면 얼른 라떼나 한잔 마시고 입을 다물어야 한다.

이 시를 쓴 후 몇몇 지인에게 보내줬더니 '우리 집도 그러는데……' 하며 격하게 공감해주었다. 나와 비슷한 '새우 아빠'가 많은 모양이다.

반면에 "재미있어 낄낄거리다가 서글퍼졌어요" "처음엔 웃음이 나왔다가 한편으론 남편이 짠해져 우울한 마음이 들었어요." 하며 남편한테 잘해줘야겠다는 여성들도 있었다(남편들은 혹시 부인이 갑자기 잘해주기 시작하면 내 시가 이바지한 바가 크니 나한테 한잔씩 사야 한다).

미국에 사는 어떤 분은 "일상의 대화 속에서도 깨달음을 발견하는 훌륭한 교수님은 약하고 힘없는 새우가 아니고 대장 새우, 왕새우이십니다~ ㅎ"라는 댓글을 남기셨다. 칭찬은 새우도 춤을 추게 해준다. 오늘도 새우 아빠는 새우잠을 자지 않고 큰대자로 반듯이 누워 잠자리에 들 수 있으니 얼마나 행복한가. 좀 있으면 우렁차게 코도 골 것이다.

인공부화로 알에서 나온 병아리는 감별사에 의해 암컷과 수컷으로 분류된다. 영화 〈미나리〉에서 수컷은 바로 소각되어 검은 연기로 사라진다. 젖소의 생애도 닭과 크게 다르지 않다. 젖소가 새끼를 낳으면 암컷은 젖을 생산하기 위해 길러지지만, 수송아지는 곧바로 죽임을 당하거나 격리된 상자 안에서 조금 더 자란 뒤 도축된다. 우리가 먹는 연한 송아지 고기는 엄마 젖을 빼앗긴 수송아지가 이렇게 조금 크다가 죽임을 당한 것이다. 그러고 보면 이 세상에서 수컷으로 태어나 가장 행복한 존재는 사람이 아닐까?

그러니 딸과 아내 사이에서 기를 펴지 못하고 살아가는 이 땅의 새우 아빠들이여, 힘내시라!

찰밥 한입

―――

열여섯 살에 시집온 어머니는, 평생
다섯 살 연상인 아버지를 모시고 사셨다

어느 순간, 어머니는 기력을 잃으시고
모든 것을 바닥에 내려놓으셨다

남자가 부엌에 들어가기라도 하면
불알 떨어지는 줄로 아셨던 아버지
쌀을 불려 밥을 하고
청소에 설거지까지 하기 시작하셨다
"큰! 일이다, 큰! 일이여~"
혀를 툭 툭 차시며

뭐든지 먹기 싫다 하시며
손을 절레절레 흔들기만 하시는 어머니
며느리가 찰밥을 김에 싸서 입에 넣어드리니
"안 먹어, 안 먹어야!"
얼굴을 찌푸리면서도 받아 드신다

"저렇게 싸서 바쳐야만 마지못해 먹어야~"
아버지는 자식들에게 어머니를 놀리시며
한 번 더 싸다 바치기를 바라는 눈치다

어머니, 당신 흉보는 걸 어찌 아셨는지
"뭐라 해싸요!"
하신다

아버지, 다시 작은 목소리로
"귀가 어두워 암것도 못 들으면서
자기 흉보는 것은 금방 알아들어야"
하시며 또 어머니를 놀리신다
돌아서서 소리 없이 웃는
식구들의 웃음 속에
아픔이 있다

어머니는
"안 먹는단 말이야~"
하시면서도
손자, 손녀가 가져다 바친 찰밥까지
차례로 다 받아 드신다

아버지는 더 이상 혀를 차지 않으신다
친구들 모임에 가셨다가도
홀로 둔 어머니가 못 잊혀서
음식만 드시고 얼른 들어오신다
때론, 그나마 어머니가 좋아하시는
고구마며 밤을 사 들고서

구순이 넘어 주부가 되신 아버지가, 이제
다섯 살 연하인 어머니를 모시고 사신다

어쩌다 한 번씩 부모님을 찾아뵐 때의 풍경이다. 아버지의 유머 섞인 어머니 흉보기에 웃음이 나오면서도 아프다.

어머니로 시작해서 어머니, 아버지를 차례로 반복하다가 아버지 이야기로 끝내면서 웃어야 할지, 울어야 할지 나 자신도 갈피를 못 잡으며 이 시를 썼다.

그러면서도 어쩔 수 없는 현실이니 받아들이기로 한다. 처음엔 속이 상하시는지 자꾸 혀를 차시던 아버지가 이내 모든 걸 받아들이고 어머니를 위해 헌신하시듯이.

이렇게라도 부모님을 뵐 수 있으니 그나마 얼마나 행복한가. 또 한 분이라도 건강하셔서 그 연세에 정확하게 버스를 환승하며 다니시고 시장을 봐서 살림을 꾸려 나가시니 이 또한 얼마나 감사한 일인가.

하지만 이 행복도 그리 오래가지는 않을 것임을 알기에 더욱
마음이 조급해지고 아프다.

부모님과 함께할 시간이 많지 않음을 잘 알면서도 효도는 성
공한 다음, 돈을 많이 번 다음으로 자꾸 미룬다. 우선순위에 있
어서 늘 내가 먼저고, 내 일이 먼저고, 내 처자식이 먼저고, 부
모님은 항상 뒷전이다. 가신 후 후회할 줄 뻔히 알면서도 살아
생전에 효도를 다하지 못함이 안타깝다.

(이 시와 글은 약 5년 전에 쓴 것이다. 지금은 더 연로하셔서 많은 활동
은 못하시지만 아직도 여전히 아버지는 어머니와 단둘이 사시면서 어머니
를 지키고 계신다.)

깻잎 한 장

―

오랜만에 고향에 온 딸이
대문을 들어서자마자 엄마가 하는 말

니 아부지랑 한바탕하고
오늘 점심도 안 묵었다

왜요 또, 재미있게 사시라니까
그러면 아빠도 굶었겠네요

니 아부지만 차려주고
나는 베가 나서 안 묵었다

자꾸 왜 그래요
사이좋게 지내시라니까
자 자~ 기분전환도 할 겸
삼겹살이나 먹으러 갑시다

식당에서도 엄마는 화풀이하듯
고기만 막 입에 집어넣고
아빠는 그런 엄마의 앞접시에
슬그머니 깻잎 한 장 펴놓는다

아~ 천천히 싸서 묵어~

부모가 부부싸움을 하면 아이들은 가슴 졸이며 불안에 떤다. 그 부모 역시 자신의 노부모가 부부싸움을 하면 조마조마하며 눈치 보기 마련이다.

그러니 젊은 부부든, 노부부이든 자녀들 앞에선 절대 싸우지 말아야 한다. 부부싸움을 하더라도 '칼로 물 베기' 이상의 선을 넘어서는 안 된다. 베(화)가 나서 자신은 밥을 굶을지라도 남편 밥상은 차려주어야 하며, 남편은 깻잎 한 장 펼쳐주며 화해할 줄 알아야 한다.

전생에 원수가 이생에 부부로 만난다고 한다. 그러므로 지금 원수처럼 지내는 부부는 다음 생에도 또 부부로 만나지 않으려면 지금 사이좋게 살아야 한다.

그럼 금슬 좋은 부부는? 다음 생엔 절대 못 만날 사람들이니 지금 실컷 행복을 누리며 사시라.

결론은 다음 생에 다시 만나고 싶든 만나고 싶지 않든 이 세상에서 행복을 누리며 잘 살자는 것!

생각난 김에, 노부부의 아름다운 삶을 그린 다큐멘터리 영화 한 편을 소개한다. 가볍게 볼 수 있지만 잔잔한 감동과 함께 이런저런 생각을 많이 하게 해준 영화다. 후시하라 케시 감독의 다큐 영화 〈인생 후르츠〉.

건축가 할아버지 츠바타 슈이치 씨(90세)와 못 하는 게 없는 슈퍼 할머니 츠바타 히데코 씨(87세), 합해서 177세의 노부부가 50년 살아온 집에서 과일 50종과 채소 70종을 키우며 살아간다. 일본 아이치현 가스가이시 고조지 뉴타운 아파트 숲 사이에 단층 주택, 슈이치 씨가 직접 설계한 집이다.

노부부의 텃밭에는 노란 팻말이 곳곳에 서 있다. '들어가지 마시오' 이런 팻말이 아니다. '죽순아 안녕?' '여름 밀감, 마멀레이드가 될 거야' '작약, 미인이려나?' 등 노부부가 키우고 가꾸는 식물과 대화를 나누는 내용이다. 식물과 한 가족처럼 말을 건네며 살아가는 모습이 어린아이처럼 사랑스럽다.

넓적한 항아리 하나엔 '작은 새들의 옹달샘, 와서 마셔요'라는 팻말이 꽂혀 있다. 어느 날 히데코 씨의 딸이 이 항아리가 깨져 있는 것을 발견한다. 히데코 씨가 아끼고 좋아했던 항아리다. 히데코 씨는 수명이 다했다고 생각하자며 안 좋은 것은 빨리 잊어버려야 한다고 말하면서도 내심 아쉬운 표정이다. 딸들이 이런 엄마의 맘을 헤아려 나중에 깨진 항아리를 다시 복원하여 제자리에 물을 담아 놓아둔다.

아내에게 존대어를 쓰며 늘 온화한 표정으로 아끼고 챙겨주는 할아버지와 평생 남편이 하고 싶은 일을 한 번도 못 하게 한 적이 없다는 할머니. 할아버지는 어느 날 제초 작업을 하다가 낮잠이 든 후 영원히 깨어나지 않았다(다큐 촬영 중 실제 사망).

"바람이 불면 나뭇잎이 떨어진다. 나뭇잎이 떨어지면 땅이 비옥해진다. 땅이 비옥해지면 열매가 여문다. 꾸준히 그리고 천천히."

영화 중간중간에 반복되는 해설처럼 순리대로 살다가 자연스럽고 평온하게 죽음을 맞은 것이다. 할머니 또한 혼자서도 열심히 살 테니 기다리고 있으라며 담담하게 남편의 죽음을 받아들인다. 그리고 남편이 하던 집안일이나 정원 일까지 모두 혼자서 해내며 살아간다. 정원에서 나온 과일 등 각종 소산물은 수

십 개 상자에 각각 종류별로 담아 사람들과 나누어 먹는다.

히데코 씨가 못 먹는 음식이 딱 하나 있다. 감자만 먹으면, 아니 감자를 보기만 해도 속이 더부룩해진다고 한다. 그런데도 감자를 좋아하는 남편을 위해 매일 감자요리를 한다. 심지어 남편이 죽은 이후에도 매일 남편 영정 앞에 남편 밥상을 따로 차리고 자신은 빵에 잼을 발라 먹는다.

좋은 책이나 영화를 보고 난 뒤 내 삶은 그 책이나 영화를 보기 전과 후로 나누어진다. 이 영화를 보는 내내 '부드러움'이라는 단어가 머리에서 맴돌았다. 나도 이 노부부처럼 '부드러운 삶'을 살아갈 것이다. 이것을 더 확실히 실천하기 위해 독자와의 약속으로 남겨두고자 한다.

부드러운 삶을 산다는 것은 누군가와 각을 세우지 않는 것이고 각을 세우지 않으려면 빨리 져 줄 줄 알아야 한다. 데이비드 그리피스가 그의 시 〈힘과 용기의 차이〉에서 말했듯이 이기기 위해서는 힘이 필요하지만 져 주기 위해서는 용기가 필요하다. 그것도 상황이 악화되기 전에 빨리 용기를 내야 한다.

내 핸드폰에 메모한 한 줄 목표는 '용기를 내서 져 주기!'였다가 지금은 '좀 더 빨리! 용기를 내서 져 주기!'로 바뀌었다.

한양 간 마나님은

한양 간 마나님은 언제쯤 오시려나
동굴은 텅 빈 채로 냉기만 더해가고
굶주린 곰 한 마리가 겨울잠을 청하네

설명이 필요한 시는 좋은 시가 아니지만 구차하게 사족을 다는 것은 혹시라도 시를 배워보고자 하는 독자가 있을 것이기 때문이다.

처음 시를 배울 때는 약간의 기교를 배워두면 좋다. 시의 표현 기법 중 가장 기본이 되는 것은 비유이다. 비유 중에서도 직유와 은유이다.

직유는 '갑은 을과 같다'는 식의 비유를 말한다. '~같이, 처럼, 듯이, 인 양, 같은, 만큼' 등의 표현이 들어간다. 예컨대 '예쁜 입술' 대신 '앵두 같은 입술'이라고 하면 직유가 된다. 다만 직유법은 최근 일상 대화에서 너무 많이 사용되어 시에 들어갔을 때 큰 감동을 주지 못하는 경향이 있다. 처음에 시를 배울 때는 직유를 많이 활용하다가 초보를 벗어나면 직유보다는 그 외 다양한 시적 기교를 활용하는 것이 좋겠다.

반면에 은유(메타포)는 숨겨서 비유하는 수사법이다. '갑은 을이다'와 같은 식의 비유를 말한다. 예컨대 '내 마음은 호수요'와 같은 표현기법이다.

은유는 직유에 비해 대담한 비교가 필요하다. 은유를 '폭력적 비유'라고도 한다. '그 사람은 기생충 같다'라고 하면 직유가 되는데 이를 은유로 바꾸면 '그 사람은 기생충이다'가 된다.

일상생활에서 자주 쓰이는 최고의 은유적 표현은 모바일 청첩장에 등장하는 '마음 전하실 곳'이다. '마음만으로도 충분하니 돈은 보내지 않아도 된다(돈 같은 마음)'에서 마음을 입금하라며 계좌를 알려주니(마음은 돈) 직유에서 더 공격적인 은유가 된 셈이다. 코로나로 인해 모일 수 없는 상황이 되면서 자연스러워지긴 했지만, 예전에 청첩장에 계좌번호를 적어 보냈다면 욕을 바가지로 얻어먹었을 것이다. 지금도 '마음 전하실 곳' 대신 '돈 보내실 곳'이라고 하면 어떨까? 끔찍하다. 똑같은 말이지만 은유법을 사용하니 이렇게 고급스러워진다. 시에서도 마찬가지이다.

이 시조에서도 동굴은 집이며 굶주린 곰은 남편을 말하는데 시 속에 구태여 집이나 남편임을 표현하지 않아도 독자가 다 이해한다. 마나님이 한양 가서 며칠 집을 비우니 집은 썰렁해지고, 끓여 놓고 간 곰국도 바닥나고, 제대로 먹지 못한 채 이불 뒤집어쓰고 잠이나 자려는 곰 같은 남편의 모습이 그려질 것이다.

시에서는 모든 것을 다 보여주지 말고 살짝 숨겨놓는 것이 좋다. 청첩장에서 축의금을 보낼 계좌번호를 적으면서도 돈 대신 마음이라는 말을 사용하듯이, 보고 싶은 마음을 표현하되 보고 싶다는 말을 쓰지 말고, 그리운 마음을 표현하되 그립다는 말을 쓰지 말고, 기다리는 마음을 표현하되 기다린다는 말을 쓰지 말아야 한다. 시를 보면서 그냥 보고 싶고, 그립고, 기다리는 마음을 느낄 수 있으면 된다.

독자들께 이실직고할 것이 하나 있다. 마나님 서울 갈 때마다 언제 오나 기다리는 것처럼 이런 시를 써서 바치기도 하지만 한편으로 아내에 대한 봉사 의무에서 벗어나 혼자만의 자유를 만끽하기도 한다. 주말이면 누군가 같이 놀자고 불러내 주기를 바라며 공연히 울리지도 않을 전화기만 바라보고 있을 때도 있다. 누군가를 불러내 볼까 싶어 전화번호부를 뒤적이다가 결국 종일 혼자 책이나 보며 황금 같은 시간을 다 보내고 만다.

고드름

———

처음엔
차갑고 뾰족한 끝으로
심장을 찌를 기세더니

이내
뜨거운 눈물만 뚝뚝
온몸 녹아내리다가

결국은
수척해진 몸을 던져
산산조각 나는구나

아 어머니!

어머니는 자식들을 위해 겨울 같은 삶을 억척스럽게 살아 내신다. 그래서 차갑고 뾰쪽한 고드름처럼 보이기도 한다.

자식들이 성장하면서 어머니의 한없이 연약한 몸은 차츰차츰 녹아내린다. 어느 순간엔가 자식들을 위해 모든 것을 희생하고 홀연히 떠나가신다.

부모님 돌아가신 다음에 후회할 걸 너무나 뻔히 알고 있으면서도 살아계실 때 다하지 못하는 것이 효도이다. 돌아가신 다음에 고가의 삼베옷을 입혀드리고, 명당자리에 모시고, 비석을 세워 드리고 하는 것들이 무슨 소용이 있으리오.

살아계실 적에 전화 한 통이라도 더 하고, 한 번이라도 더 찾아뵙고, 좋아하시는 호떡이라도 한 개 더 사드리는 것이 효도이리라.

어머니와 관련된 시 하나 더 소개한다.

술병
——

톡~
뚜껑 열고 잔을 채우며
자신을 비우기 시작한다

시간이 지나도
자세 하나 흐트러짐 없이

술 한잔 주고
아픔 한잔 받는다

또 한잔, 두잔 따를 때마다
다시 채워지는 한숨, 걱정들

그래서 빈 술병은 실은

비어있는 것이 아니다

아픔, 한숨, 걱정으로 가득 차 있는
어머니인 것이다

언젠가 모 단체에서 주관한 '전주 문학제'에 나가 입상한 작품이다. 그때 이 작품을 쓰고 있는데 옆에 있던 지인이 보여 달라고 해서 창피하지만 그냥 보여주었다.

"아~ 울 엄마 생각나요."

"○○씨 어머님은 기쁨, 행복으로 가득 차셨을 것 같아요. ○○씨가 효녀라⋯⋯."

"지금 아파서 누워계셔요. 살도 다 빠지고, 힘도 없고, 이도 빠지고, 우리한테 다 채워주느라 다 빠져나갔나 봐요. 누워 계신 동안 좋은 것으로 채워드려야겠다~~"

"지금이라도 좋은 것으로 가득 채워드리세요."

이런 대화가 오갔는데 그 이후 딱 5일 만에 부고를 받았다.

부부

걱정 많아
잠 못 이루는
엄마 곁에

아빠의
코 고는 소리가
경쾌하다

오랜만에 아내와 함께 무리해서 산에 올랐더니 입가에 뭐가 나기 시작했다. 아내는 피곤하고 힘들면 입안에 뭐가 난다. 나는 입가에, 아내는 입안에, 이것이 나와 아내가 다른 점이다. 어느 한쪽이 틀린 것이 아니라 서로 다른 것이다.

부모가 돌아가셨을 때 아들과 딸의 모습은 사뭇 다르다. 딸들은 한없이 눈물을 흘리며 때론 소리를 내 슬피 울지만, 아들들은 눈시울만 살짝 적실 뿐이다. 그렇다고 부모를 잃은 아들들이 슬프지 않을 리가 있겠는가.

인문학을 공부하는 목적은 자기 안을 들여다보고 또 상대를 이해하기 위함이다. 부부가 서로 차이를 알아야 상대를 이해하고 행복해질 수 있다.

일반적으로 여자가 보기에 남자는 감성적으로 이해할 수 없는 일들을 한다. 남자가 보기에 여자는 논리적으로 이해할 수 없는 일들을 한다. 물론 모든 남녀가 다 그렇지는 않지만 교육이나 문화 혹은 소속된 집단의 환경으로 인해 대체로 이런 특성을 갖고 있다. 다름을 인정하고 서로 조금씩 양보하고 상대를 배려하면 행복해진다.

아이가 잘못되면 엄마는 밤새 울며 잠을 못 자는데 아빠는 옆에서 코를 골고 잔다. 그때 엄마가 아빠를 깨우며 "아이가 이렇게 되었는데 당신은 잠이 와요?"라고 하면 아빠는 뭐라 할까? 아빠는 엄마한테 이렇게 말한다. "당신이 울고불고한다고 해서 달라지는 게 뭐가 있어요?"

그렇다고 해서 아빠가 걱정하지 않는 것은 아니다. 아빠는 걱정되어도 쉽게 눈물을 흘리지 않는다. 슬픔도 아픔도 안으로 삭일 뿐이다. 그 눈물은 눈으로 흘러내리지 않고 등에 땀으로 난다. 남편이 울어야 할 때 울지 않으면 살며시 등을 만져보시라. 속옷이 젖어 있을 것이다. 이렇듯 남자와 여자는 매우 다르다.

어찌 남자와 여자뿐이겠는가? 다르기로 치자면 80억 명이 넘는 지구상의 모든 사람이 제각기 다르다. 요즘 모임에서 자기소개를 하면서 MBTI 유형을 얘기하기도 하고 입사 면접에서 면접관이 지원자의 MBTI 유형을 묻기도 한다고 한다. MBTI(Myers-Briggs Type Indicator)는 마이어스(Myers)와 브릭스(Briggs)라는 사람이 스위스의 정신분석학자인 카를 융(Carl Jung)의 심리 유형론을 토대로 고안한 성격 유형 검사 도구이다. MBTI는 4가지 분류 기준에 따른 결과에 의해 검사 대상자를 16가지 심리 유형 중에 하나로 분류한다.

너무나도 다양한 사람을 16가지 성격 유형으로 정형화하는 것이 맘에 들지는 않지만 나를 알고 상대를 아는 데 어느 정도 도움이 되는 듯하다. 대인관계에서 나와 상대의 성격적 특성을 알게 되면 도무지 이해할 수 없었던 일들도 '아하 그래서 그렇구나' 하고 이해할 수 있기 때문이다. 모두가 제각기 다르다는 것만 인지해도 서로의 관계가 훨씬 편해질 수 있다.

부부싸움

———

한 사람은 O, 한 사람은 X
그래도 둘 다 정답

요즈음은 전 세계적으로 짧은 시가 유행이다. 복잡하고 난해한 시는 외면당한다. 특히 신세대는 한두 줄짜리 짧은 시를 선호한다. 도무지 무슨 말인지 알 수 없는 난해한 시는 이제 시인의 일기장에나 적고 혼자 봐야 할 판이다.

한 사람은 O, 한 사람은 X

그래도 둘 다 정답

필자가 쓴 두 줄짜리 시이다. 그런데 이것만 가지고는 시라고 할 수 없다. 제목이 있어야 한다. 제목과 내용이 연결되어야 비로소 독자들이 '아~ !' 하고 수긍을 한다. 이 시의 제목은 '부부싸움'이다.

여기서 퀴즈 하나.

500원 동전 뒷면엔 숫자 500이 새겨져 있다. 앞면엔 새 한 마리가 있다. 이 새의 이름은 무엇일까?

강의하면서 "500원 동전 앞면에 있는 새는 학일까요, 두루미까요?" 하고 물으면 절반은 학이라고 대답하고 절반은 두루미라고 대답한다. 이 새는 한자로 하면 鶴인데 '두루미 학'이다. 결국 둘 다 맞다.

그런데 우리는 이걸 가지고 싸운다. 남편은 두루미라 하고 부인은 학이라 한다. 각자 생각하기에 자신이 알고 있는 것이 너무 확실하다. 대개 부부싸움은 이런 사소한 것에서 시작되어 서로에게 크나큰 상처를 남기게 된다.

가장 가까이에 있는 가족으로 인해 상처 입는 경우가 많다. 가족에게 상처를 입으면 아픔이 더 크다. 가족과 함께하는 시간이 많고 가족에게 거는 기대가 크기 때문이다. 그래서 가까운 관계일수록 상대의 처지에서 서로를 이해하고 양보하며 사랑을 키워나가려는 노력이 필요하다.

질문 하나 더.

비 올 때 입는 옷은 우의일까, 우비일까? '비 우(雨)'에 '옷 의 (衣)'이니 '우의'가 맞다. 내가 가진 지식으로는 너무 확실하다. 우비는 '비 우(雨)'에 또 '비'자를 쓰고 있으니 사람들이 잘못 쓰 고 있는 것일 거다. 마치 역 앞이나 역전(驛前)을 역전 앞으로 잘 못 사용하듯이. 새로운 신제품, 상을 수상하다, 남긴 유산, 잃는 손실, 낙엽이 떨어지다, 파란 창공도 같은 뜻이 두 번 쓰인 잘못 된 표현이다.

그런데 우의와 우비의 경우에는 '우비'도 맞다. 우비(雨備)는 비를 가리기 위하여 사용하는 물건을 통틀어 이르는 말로서 여 기에는 우산, 삿갓, 도롱이뿐 아니라 비옷도 포함된다.

이렇듯 알량한 지식으로 판단하여 100% 확신하며 우기다가 는 낭패를 보는 수가 있다. 우리는 모두 그런 경험을 한다. 너무 확실하다고 생각했는데 알고 보니 자신이 틀린 경험.

과거에 어떤 자격시험 문제에 자동차 앞 유리와 옆 유리의 차 이점을 묻는 문제가 출제된 적이 있다. 답은 앞 유리는 안전유리 로써 사고 시 깨지면 바삭바삭해지고 옆 유리는 크고 길게 깨져 서 칼처럼 위험해진다는 것이다. 지금은 옆 유리도 모두 안전유 리다. 공식적인 국가고시 문제의 정답도 변하는 세상이다.

천동설이 보편적 진리이던 시절에 지동설은 틀린 답이었다. 그러나 보편적 진리라고 믿던 천동설이 실은 확실하게 틀린 답이었다.

그러니 삶의 태도를 바꾸어 보자. 내가 100% 확신이 있는 어떤 사실도 실은 틀릴지도 모른다고, 내가 생각하기엔 상대가 확실히 틀렸지만, 상대가 맞을지도 모른다고 생각해 보자. 서로 싸울 일이 없어진다. 관계가 몰라보게 원만해진다.

나를 알고 타인을 이해하는 인문학의 힘

자신을 가장 잘 아는 사람은 자기 자신일 것 같지만, 사실은 그렇지 않습니다. 내가 알고 있는 나는 온통 자기중심적 생각과 편견 일색입니다. 남들은 나를 볼 수 있지만 나는 나를 볼 수 없기 때문입니다.

그렇다면 남들이 나를 보고 내 모습을 제대로 말해 줄까요? 아주 가까운 사이라고 하더라도 그러기는 쉽지 않습니다. 온통 미사여구를 사용하여 칭찬만 늘어놓습니다. 그럼 내 모습은 갈수록 왜곡되고 착각 속에 빠져들기까지 합니다.

그래서 내가 나를 볼 수 있는 거울이 필요합니다. 유리 거울이 내 외모를 보게 해준다면 내 안의 나를 보게 해주는 거울이 바로 인문학입니다. 서양에서는 거울이 깨지면 재수 없는 것으로 생각한다고 합니다. 재수 없이 마음의 거울이 깨지지 않도록 늘 인문학을 가까이해야 하겠습니다.

인문학은 돌아봄입니다. 정면만 보며 질주하다가 시선을 돌려 자신을 보는 것입니다. 자신을 보며 살피다가 다시 시선을 돌려 상대를 보는 것입니다. 인문학은 돌아보며 자신과 상대를 알아가는 길입니다.

또 인문학은 열쇠입니다. 꽁꽁 잠겨있는 마음을 열어 내 안으로 들어가게 해줍니다. 내 안을 둘러보다가 상대의 마음까지 열어 상대 안으로 들어가는 것입니다. 인문학은 마음의 문을 열어 나와 상대를 이해하는 열쇠입니다.

섬 안에서는 그 섬을 볼 수 없고 섬을 떠나야 그 섬을 볼 수 있듯이 자신을 떠나야 자신을 볼 수 있습니다. 인문학은 자신을 두고 자신을 떠나 한 바퀴 돌며 자신을 둘러보게 해주는 유람선 같은 것입니다.

이 책을 읽는 동안 자신을 돌아보고 상대를 이해함으로써 마음의 상처를 치유하고 행복을 찾는 데 조금이라도 도움이 되었기를 바라봅니다.

수준 미달인 시로 책을 내자니 부끄럽습니다. 그런데도 시를 계속 쓰고 시를 삶에 적용한 강의를 하고 다니는 것은 순전히 독자들과 강의를 수강하는 분들의 격려 덕분입니다.

"역시 시인의 감성은 남다르다는 느낌이 왔어요. 선생님 수업을 들으며 잠시나마 학창 시절로 돌아간 듯 행복했답니다"(지자체 도서관 '길 위의 인문학' 강의를 수강하신 분이 보내주신 소감).

"일상에서 작은 걸 놓치지 않는 섬세함과 세상을 바라보는 관점에서 따뜻함이 느껴졌답니다. 다음 강의가 기다려집니다. 어떤 감성과 어떤 가을의 언어를 가져오실까?"('시와 함께하는 치유의 인문학' 강의를 수강하신 분이 보내주신 소감).

"온기가 필요한 요즈음, 구들장 같은 교수님의 시를 만난 덕에 올겨울은 뜨습게 보낼 거 같습니다"(시립 도서관 인문학 특강을 수강하신 분이 보내주신 소감).

수년 동안 원고만 고치며 고민하고 있을 때 위와 같이 출간을 독려하고 격려해 주신 모든 분께 감사드립니다.

시가 내 인생에 들어왔다

– 시 쓰는 경제학자의 유쾌하고 뭉클한 인문학 수업

초판 1쇄 발행 2024년 3월 23일

지은이　　이경재
펴낸이　　문채원

펴낸곳　　도서출판 사우
출판　　　등록 2014-000017호
전화　　　02-2642-6420
팩스　　　0504-156-6085
전자우편　sawoopub@gmail.com

ISBN 979-11-87332-97-8　(03810)